歷史終究是人的故事

宮闕故事：MOOKorea慕韓國. 第4
期= 궁궐/EZKorea編輯部著；吳采
蒨, 韓蔚笙翻譯. -- 初版. -- 臺北市：
日月文化出版股份有限公司,
2023.10
　　面；　公分. --（MOOKorea慕韓
國；4）
ISBN 978-626-7329-54-2（平裝）

　　　　　　1.CST: 韓語 2.CST: 讀本

803.28　　　　　　　　112012782

MOOKorea 慕韓國 04

宮闕故事：
MOOKorea慕韓國 第4期 궁궐

作　　　　者 ： EZKorea編輯部
企 劃 編 輯 ： 郭怡廷、凌凡羽
韓 文 撰 稿 ： 安世益、柳廷燁
韓 文 翻 譯 ： 吳采蒨、韓蔚笙
內 頁 插 畫 ： 阿路Alu、PanDaAn
內 頁 圖 片 ： Shutterstock、Unsplash
封 面 繪 圖 ： Bana
封 面 設 計 ： Bianco Tsai
版 型 設 計 ： Bianco Tsai
內 頁 排 版 ： 初雨有限公司（ivy_design）
韓 文 錄 音 ： 柳廷燁、鄭美善
錄 音 後 製 ： 純粹錄音後製有限公司
行 銷 企 劃 ： 張爾芸

發 　 行 　 人 ： 洪祺祥
副 總 經 理 ： 洪偉傑
副 總 編 輯 ： 曹仲堯
法 律 顧 問 ： 建大法律事務所
財 務 顧 問 ： 高威會計師事務所

出　　　　版 ： 日月文化出版股份有限公司
製　　　　作 ： EZ叢書館
地　　　　址 ： 臺北市信義路三段151號8樓
電　　　　話 ： （02）2708-5509
傳　　　　真 ： （02）2708-6157
客 服 信 箱 ： service@heliopolis.com.tw
網　　　　址 ： www.heliopolis.com.tw
郵 撥 帳 號 ： 19716071日月文化出版股份有限公司

總 經 　 銷 ： 聯合發行股份有限公司
電　　　　話 ： （02）2917-8022
傳　　　　真 ： （02）2915-7212
印　　　　刷 ： 中原造像股份有限公司
初　　　　版 ： 2023年10月
定　　　　價 ： 400元
I　S　B　N ： 978-626-7329-54-2

編輯室報告

　　我是個討厭歷史的人。正確來說，我討厭學生時代的歷史課，明明讀文組，卻怎麼也記不住那堆人名與條約，更別提都是數字的年分。好不容易到了大學，擺脫所謂背多分的學習模式，但對於歷史，仍舊提不起勁，直到遇見韓劇《張玉貞，為愛而生》。

　　沒錯，又是韓劇。當時我花不到兩天就追完，還跑到高陽西五陵，想體會劇中的淒涼感。不過相對於演員陣容，這部劇在韓國的收視表現並不好，由於主角張玉貞在韓國人心中是「自私惡女」形象，這部劇卻將她刻劃得勇敢無畏。因觀點與角度的不同，歷史的詮釋空間竟能這麼大，我開始感到有趣，想深入認識韓國歷史，才發現故事內容如此精采，領會到正因為故事中的角色是真實存在過的人，有血有淚，有愛有恨，我們能代入自己，能感同身受，歷史才會好看。

　　因此本期核心，談的是「這些歷史人物的故事」。然而若要追溯韓國歷史，勢必得從檀君講起，篇幅實在放不下，所以我們以宮闕為載體來規劃。不同於過往三期設計，我們將Part2 從「對話」改為「人物」，封面以宮闕中的人物為主視覺；Part3 除了基本宮闕介紹外，也各收錄兩篇故事，以습니다 / ㅂ니다、아 / 어 / 해요語尾撰寫，希望你在搭配音檔聆聽時，有聽他人講故事的感受。此外，我們在 Part1 安排兩篇影劇相關文章，讓可能畏懼或排斥歷史的讀者，也能踏入這有趣的領域；本期額外加入了旅遊元素，藉由實際走訪，將歷史連結至當代。

　　本期分享的只是韓國歷史洪流中的一小角，但希望藉由書籍，能讓你對韓國的歷史樣貌有個輪廓，又或是進而產生興趣，畢竟我的編輯同事讀完後說：我原本對歷史無感，但現在好像有點愛上它了。目前已經有兩位見證人，邀請你來擔任第三位。

本期編輯 郭怡廷

MOOKorea

VOL .004

宮闕故事

궁궐

Part.1

오프닝
Opening

跨越宮殿門檻，透過影劇「入坑」韓國 008
古代人吧！

從影劇學習韓文宮廷用語！ 014

Cover Story │韓國繪師 Bana：透過繪製 020
歷史，我得以展現自我

Part.2

인물
Figures

朝鮮王室成員關係圖 024

태조 이성계 太祖李成桂 026
四字成語「함흥차사（咸興差使）」的由來

세종대왕 世宗大王 028
黃喜與世宗大王間的拉扯？！

장영실 蔣英實 030
蔣英實的種種發明物

단종 端宗 032
端宗的流放地——寧越

연산군 燕山君 034
燕山君的愛妾——張綠水

이순신 李舜臣 036
壬辰倭亂與李舜臣

광해군 光海君 038
光海君的偏好與厭惡

장희빈 張禧嬪 040
受到肅宗寵愛的張禧嬪

사도세자 思悼世子 042
思悼世子的夫人惠慶宮洪氏與《閒中錄》

정약용 丁若鏞 044
丁若鏞與天主教

덕혜옹주 德惠翁主 046
好不容易才成功，德惠翁主終於歸國

이우 李鍝 048
李鍝與原子彈

Part.3
관점
View

宮廷巡禮提案

提案 1：穿韓服遊景福宮　　052
提案 2：昌德宮祕境之旅　　054
提案 3：水原華城一日遊　　056
提案 4：騎摩托車暢遊慶州古都　　058
提案 5：全州韓屋與美食慢遊　　060
提案 6：一日大長今！深入韓劇御用拍攝地　　062

宮闕故事

경복궁 景福宮　　064
朝鮮的國母，於景福宮遭到殺害
景福宮最常見的龍，在印於鈔票上 45 年的
慶會樓中亦可見

창덕궁 昌德宮　　070
避開景福宮的太宗：「我要去新的宮殿」
百姓們！向申聞鼓吐露冤屈吧

창경궁 昌慶宮　　076
韓國第一座動植物園為什麼偏偏在昌慶宮？
朝鮮宮闕中唯一存放君王胎盤之處

경희궁 慶熙宮　　082
遭到侄子仁祖報復的叔叔光海君
和慶熙宮淵源深厚的君王有誰呢？

덕수궁 德壽宮　　088
反日高宗，建立自主獨立國「大韓帝國」
若沒有壬辰倭亂，還會有德壽宮嗎？何謂壬辰
倭亂？

종묘 宗廟　　094
駐紮在宗廟的日軍，因為鬼軍瑟瑟發抖
「為君王奏樂吧！」在宗廟祭禮儀式加入樂、
歌、舞

화성행궁 華城行宮　　100
對困死於米櫃的父親感到自責的正祖：「都怪我」
因膿瘡而臥病在床的正祖，是猝死，還是毒殺？

용흥궁 龍興宮　　106
一夜之間逆轉人生的「江華公子」——哲宗
被「勢道政治」所擺布的魁儡君王

경주 동궁 慶州東宮　　112
與新羅末代君王一起結束的東宮氣數
從東宮和月池挖出來的奇怪物品

Part.4

생활
Life

一日五餐的珍羞盛饌：朝鮮宮廷飲食文化　120

朝鮮官職及兩班生活　123

穿梭古今、遊歷宮廷歷史：探訪國立古　126
宮博物館

韓文撰稿者簡介

PART1、2 安世益

國立臺灣師範大學教育碩士、韓國釜山外國語大學韓語教學系博士班，擁有韓國語教員資格證 2 級。喜愛歷史與外語學習，學習過英、日、中、法、泰文等語言。至今韓語教學經歷已超過八年，現任釜山加圖立大學韓語教員。

PART3 柳廷燁

韓國外國語大學韓國語教師課程結業，臺灣國立成功大學 IIMBA 國際經營管理所碩士。曾擔任韓聯社駐台記者，現為韓語版台灣新聞網站「現在臺灣」主要營運者和執筆人，以及首爾新聞 NOWNEWS 部駐台記者。

線上音檔 QRCode

線上音檔使用說明：
(1) 掃描 QRCode → (2) 回答問題→
(3) 完成訂閱→ (4) 聆聽書籍音檔。

01

오프닝
Opening

本章節將帶領你從較熟悉的「韓國影劇」進入宮闕的世界，並進一步學習有趣的古時韓文用語，最後，一起來瞭解本期的封面故事。

跨越宮殿門檻，
透過影劇「入坑」韓國古代人吧！

撰文者｜B編

不少喜歡韓國古裝劇的戲迷，第一次到韓國旅行時，會將位在首爾的景福宮、昌德宮等一系列宮殿列入行程，其周邊小巷體驗韓服的店家林立，各種款式任君挑選，只要著裝完畢，從光化門、興禮門一路往內殿前進，就能絲毫不費力地穿越到朝鮮王朝。——而這裡濃縮的只不過是朝鮮王朝五百年的歷史。

朝鮮半島的信史大約可以追溯到西元前 200 年左右，在長達兩千餘年的時間裡，王朝更迭、時分時合，本篇將從 6 世紀的新羅時代開始，直至 20 世紀朝鮮王朝的最後一位公主為止，介紹十部以正史為底本改編的韓國影劇。

《花郎》화랑

在新羅時期，有一種揀選貴族青少年從事軍事、歌舞遊藝訓練的制度，這些被選中的新羅練習生男孩們被叫做「花郎」或「花郎徒」，《花郎》便是以此為主題的韓劇，敘述男主角無名（朴敘俊飾）、真興王（朴炯植飾）與神醫之女娥露（高雅羅飾）三人之間受限於身分而無法相愛，且關係足以使政局動盪的故事。

由於古代新羅施行嚴格的階級制度「骨品制」，照理說沒有骨品、出身賤民的「無名」是不可能參與「花郎」選拔的，但在誤打誤撞下，他成為娥露的哥哥「先雨」，被選入花郎的行列，並在訓練過程中嶄露頭角。比起政爭和戀愛情節，《花郎》更吸引人的是花郎們相愛相殺的團體生活，什麼時候還有機會看 BTS 的泰亨出演連續劇呢？

即使韓劇裡的花郎們個個貌美燦爛，終究是編劇筆下杜撰的角色，主要角色中真實存在歷史上的是王室成員們，例如真興王和叔明公主，戲裡的叔明（徐睿知飾）戀上先雨，現實的叔明則因為不同骨品互不通婚的規定、延續聖骨血脈的目的，終究與哥哥真興王結為連理並產下子嗣。

中國知名小說改編的穿越劇《步步驚心》推出韓劇版本時，不同於原創清朝 18 世紀的設定，將故事背景拉到 10 世紀的高麗王朝。李準基飾演的王昭，是歷史上真實存在的人物，是統一三國的王建（太祖）的第四個兒子，也是高麗的第四代君王光宗。女主角解樹（李知恩飾）則是被從 21 世紀穿越過來的高夏真靈魂附體，是完全虛構的人物。

《月之戀人》的故事發生在太祖末年，由於王建為整合勢力，頻繁與貴族聯姻，光是皇子就高達 25 位，因此外戚與王族間的權力鬥爭在王建死後達到白熱化，繼位的惠宗、定宗分別在登基二年、四年後病逝。夏真（解樹）穿越到高麗的這段期間歷經四代君王，這段歷史從表面上看來是「君王逝世」的王位繼承，事實上則幾乎是血刃手足的殘酷爭奪戰。——也讓改編自正史的韓劇有了加油添醋的縫隙。

這齣戲的聚光燈實際上是打在王昭身上，透過穿越到古代的夏真（解樹），觀看他如何又為何要登上王座。君王在江山美人之間抉擇的劇情安排永遠不會過時，當觀眾因為王昭與解樹受到時代限制、無法修成正果的戀情而揪心時，歷史上真實的王昭是多麼殘忍無情，似乎也就不那麼重要了。

《王的文字》나랏말싸미

學習韓文的第一堂課絕對會有這段敘述：發明「諺文」的人是朝鮮王朝的世宗大王，改變了 15 世紀以前用漢字記錄韓語、只有貴族和士大夫才識字的狀況，因為世宗頒布了「訓民正音」——意即「教導人民正確發音」，使得普羅百姓都能透過這套簡單好記的文字系統來學習、閱讀，達到文化交流、知識傳播的目的。

由於在位時間長，世宗不僅對韓國語言文字有重要貢獻，在軍事、科技上也有建樹，自然成了影劇改編的熱門人選，出現在各類型作品當中。除此之外，現行韓元一萬元紙鈔上印著的肖像，以及首爾光化門前的巨大坐像也都是世宗大王，可見他是備受尊崇的古代君主。

然而，以他造字為主題、並請來青龍獎影帝宋康

昊主演的電影《王的文字》，卻在評價兩極與慘澹票房下作收。一部分的韓國觀眾認為此片「扭曲史實」，將原本歸功於世宗的造字大業，轉移到另一位電影主要角色——和尚信眉大師身上，因此引發爭議。歷史的「真假」就是無數史料歷經辯證後的結論，要察覺信眉大師「可能」沒那麼重要的前提，是知曉後世普遍賦予世宗的歷史定位。

《大長今》대장금

在台灣少數能擠下鄉土劇收視寶座、成為家喻戶曉的韓劇並不多，而以醫女長今一生為敘事主軸、描述朝鮮成宗到明宗共五代君主故事的《大長今》，絕對是其中最知名的代表。2004年的大長今旋風不只席捲台灣，也將韓劇的風潮推向全世界。

由李英愛飾演的「長今」是歷史上真實存在、同時也是朝鮮王朝唯一一位與君王親近的醫女（劇情設定是成為主治醫生，但未經證實）。關於她的史料主要來自《朝鮮王朝實錄》，內容多是她於中宗在位時期的診療發言及獲得賞賜的紀錄。因為紀錄中皆以「醫女長今」稱呼，《大長今》劇中設定她原是負責料理的宮女，很可能只是為了增加戲劇效果所杜撰的情節。

在長今曲折的人生中，最艱困的一關是與韓尚宮

一同被貶到濟州島，當時的濟州並不是度假勝地，而是許多遭到流放就一去不回的罪人最後的葬身之地。長今在此遇到了醫女張德，向她學習醫術，最終以醫女身分回到漢陽、重返宮廷。這一段安排更凸顯長今堅毅不拔的性格，也張揚了女性得以憑藉才能出頭的精神。

《張玉貞，為愛而生》장옥정, 사랑에 살다

這是一齣意圖為張玉貞「平反」的韓劇。肅宗時代，以西人與南人為兩大山頭的黨派鬥爭日趨嚴重，對立延燒到後宮。肅宗李焞一方面迎娶西人薦舉的閔氏為妻（即仁顯王后），一方面又將南人出身的張玉貞納入後宮，後更因寵愛而將她拔陞為「禧嬪」。

在後世的普遍評價裡，張禧嬪是心狠手辣、為了爭奪後宮高位不擇手段的著名「惡女」，而一度遭到廢黜又復位的仁顯王后則是忍辱負重、受到百姓愛戴的「賢妃」。在政局動盪的時代背景下，李焞、張玉貞與閔氏之間的愛恨情仇一直是改編創作的熱門題材。例如火紅一時的《仁顯王后的

男人》，就是以仁顯王后在南人勢力壓制下，遭廢妃為背景事件的穿越劇。

自1960年代起，以「張禧嬪」為名的影劇就有六部之多，而《張玉貞》從劇名就展現了平反的野心——張玉貞（金泰希飾）不是附屬於君王的嬪，而是擁有名字和夢想的獨立女性；戲劇的重點也從過去著重的宮鬥，轉移到個人經歷與情感的描繪，顛覆了史料中張禧嬪「憤恚妒嫉」、「怨毒次骨」的形象。就算戲劇最後必須符合史實，肅宗（劉亞仁飾）終究得賜玉貞一死，至少玉貞已轟轟烈烈活過一遭、明白「為愛而生」的美好。

《逆倫王朝》 사도

到了英祖時期，黨爭勢力變成西人分裂的老論、少論對峙，英祖為了平衡政局採取「蕩平策」，並由他的二兒子李愃代理聽政。老論不滿李愃偏向少論，因而拉攏貞純王后，向英祖挑撥離間，促使父子之間的對立矛盾日益加重。

在電影《逆倫王朝》裡則著墨於英祖（宋康昊飾）與李愃（劉亞仁飾）之間的互動，兩人的性格不同、處事作風相異，無論在日常或是朝廷上都難以取得共識。英祖不滿兒子的放蕩不羈，而因寄託了繼承王位的期待，加諸在李愃身上的壓力愈加膨脹，直到他再也承受不了、精神崩潰為止。

如果問朝鮮王朝最濃烈悲痛的一筆是什麼？將兒子關進米櫃活活餓死後懊悔不已，只能透過「思悼」二字寄託身為人父的深沉苦痛、度過餘生的英祖親手造就的「壬午士禍」，絕對是這個問題的唯一答案。英祖為何狠心對親兒痛下毒手？有人認為李愃是政爭的犧牲品，亦有一說李愃的精神狀態將損及王室聲譽。

無論真實為何，從電影語言透露的，是英祖為了延續王朝命脈，必須將親情放在國家社稷之後的無奈，是李愃（思悼）徒有才氣卻礙於身分，無法隨心所欲、自在而活的悲歌。

《衣袖紅鑲邊》 옷소매 붉은 끝동

思悼死後，王世孫李祘成為王位的第一繼承人，他不僅目睹了父親李愃的悲慘終局，也因此背負「罪人之子」的罵名。然而，這並沒有中止他成為聖君的目標，李祘終究在危機四伏的政局中生存下來，成為朝鮮王朝後期一度復興國政的君主。

在《衣袖紅鑲邊》以前，因出演《李祘》而掀起熱潮的李瑞鎮是正祖李祘的最佳代言人，這部長達 77 集的歷史劇細緻演繹了李祘不平凡的一生。而《衣袖紅鑲邊》則是在 16 集的框架裡，以歷史真實存在的「宜嬪」成德任為女主角，描述李祘（李俊昊飾）如何在國家百姓與兒女私情之間取得平衡，最終成就大業的故事。

根據李祘親筆為德任寫下的墓誌銘可以知道，他

是仰慕德任多年才得以將她納入後宮，加上首爾歷史博物館裡藏有德任的親抄真跡，在這些史實基礎上加以擴充，劇中的德任成了獨立思考、個性鮮明又懂得顧全大局的女性。德任深愛李祘的方法，不是將自己鎖進三宮六院、成為李祘政治上的軟肋，而是透過宮女身分展現「讓李祘成為聖君」的忠心。

《雲畫的月光》구르미 그린 달빛

在正史上，孝明世子李旲（音同英）並沒能披上龍袍、順利即位，即使19歲便奉父親純祖之命代理聽政，聰穎好學的他在政治上展現選賢舉能、恩澤百姓的賢君之姿，李旲的生命終究終結在美好燦爛的20代。

但歷史的缺憾可以用影劇填補，《雲畫的月光》裡由朴寶劍飾演的「李韺」，其人物原型就是孝明世子，畢竟現實中的他生命太短暫、生平太單薄，所以才讓想像力豐富的創作者有了發揮的空間。雖然這是一齣活潑浪漫的愛情喜劇，仍不脫韓國古裝劇多以宮殿為核心、政治為背景鋪陳的軸線，李韺除了快快樂樂和男男女女談戀愛之外，也得面對外戚干政、朝廷黨爭的威脅。不同於正史，最後李韺登上王位，順利實現雄才大略。

根據歷史記載，孝明世子的妻室僅有趙氏一人，在戲劇裡與李韺恩愛的羅溫（金裕貞飾）應是完全杜撰的角色，但其父親洪景來卻是史上留名、發動「兩西之亂」的「逆賊」，為女主角女扮男裝的設定以外，再加入了堪稱韓劇MSG（味精、調味料）的身世之謎。

《哲仁王后》철인왕후

改編自中國穿越劇《太子妃升職記》，《哲仁王后》維持了原作男性穿越到古代附身在王室女性的設定，把故事放到朝鮮王朝搬演，由申惠善飾演的「金氏昭容」便是第25代君王哲宗的王妃「哲仁王后」。

由於前一任君主憲宗並沒有留下子嗣，在外戚干政的局勢下，安東金氏擁護了李昪即位，並安排他迎娶金氏為妻。因此哲宗表面上看來是受到掌控的傀儡君主，在戲劇一開始也表現出不問政事、懦弱懶散的樣子。除了主要角色是化用真實人物之外，在穿越時空的奇幻設定下，《哲仁王后》的有趣劇情、宮殿日常幾乎都是虛構的。

至於歷史上的哲宗是否像戲裡一般，因為哲仁王后的關係而逆轉情勢，成為一代明君呢？答案是沒有的。編劇完全改寫了歷史，「哲宗」進化成「哲祖」、開創盛世的戲碼全部都是杜撰的，不過也因為此一安排，讓總是傻傻分不清「宗」、「祖」區別的觀眾們得以理解，在朝鮮王朝五百年裡，只有對國家有顯著功績、貢獻的君主才能被賜予「祖」的諡號。例如前面提到的李祘的阿公「英祖」、以及李祘本人「正祖」。

《末代公主》德惠翁主，덕혜옹주

1897 年，朝鮮王朝的第 26 代君王高宗改國號為「大韓帝國」，以皇帝取代國王之稱，終結了過去臣服中國歷朝的情勢。只不過面臨變化多端的國際情勢，受到日俄戰爭的波及，長達五百餘年的朝鮮王朝在 1910 年、接受日本統治後，正式寫下句號。

朝鮮半島成為日本的殖民地，雖然最後一任君王純宗被迫退位，王室失去統治權，但仍保留相當於日本皇族的待遇，居住在宮殿當中。於 1912 年出生的「德惠翁主」是高宗的么女，也是朝鮮王朝最後的王女。因為出生在日治朝鮮，她自小接受日本教育，13 歲便被送到東京留學，此後一直生活在異地，就連婚姻大事也是接受日本政府的安排，與宗武志伯爵完婚。

在電影《末代公主》裡，將原本高宗中意的婚姻對象金章漢（朴海日飾）設定成男主角。但電影不同於現實，德惠（孫藝真飾）並沒有因為無法自主的人生而罹患精神疾病，劇情著力刻畫德惠積極維護朝鮮民族的尊嚴，塑造其王室風範、愛國愛民的形象。雖然劇情多不符合史實，卻同樣以回到宮殿作結，賦予終生受制於王女身分的真實德惠一頁美好的終篇，在平行時空裡圓滿了末代公主的一生。

上述介紹了十部根據史實改編的影劇，可以看出編劇在面對歷史改編時的用心與兩難，一方面受到是否「忠於史實」的檢視，另方面得設法在歷史的夾縫中添增更多更迭的情節、引人關注的有趣元素，甚至是發人省思、符合現代思想精神的隱喻。

透過電影、戲劇的詮釋演繹，與這些曾漫步悠遊在宮殿裡的歷史人物相遇時，因為實際存在過，才讓觀眾們更能理解他們偶爾無奈嘆息、偶爾豐沛燦爛的真切情感。我們可能會因為影劇入坑某位演員，說不定也有機會因此入坑某位古人，如同我看完《衣袖紅鑲邊》後把李祘相關的紀錄、書籍翻過一遭一樣。

撰文者簡介｜B 編

射手座 A 型，出版業打滾中的多重身分人，立志成為出版界的迷妹第一把交椅，曾任出版社編輯及行銷企劃，唯一不變的身分是「編笑編哭」經營者。喜歡韓劇、韓影、韓食和 K-POP，偶爾寫寫文章宣揚這些東西。

從影劇學習
韓文宮廷用語！ 🔊

喜歡看韓國古裝劇的你，是否曾有過疑惑，覺得劇中出現的某句韓文跟學到的不同呢？古時用語與今日韓文不盡相同，本單元將列舉一些古今用語差異，為未來觀影增添一分樂趣。

1. 감축드립니다 = 축하드립니다
敬賀、恭喜您

궁인： 신채경님께서 장차 나라의 어른이 되기 위한 예비 훈육을 이곳에서 받게 되신 것을 머리 조아려 감축드립니다 .
신채경： 네 ?

宮人：敬賀申采靜大人，將在此接受成為國家大家長的預備教育。
申采靜：什麼？

說明：
這段對話在電視劇《宮／我的野蠻王妃》第 3 集的第一段出現。申采靜為了與王世子成婚而入宮，而宮人在向她解釋即將舉行預備教育之地點的歷史意義，並同時表達祝賀之情。
以前韓國人不會說「축하합니다（祝賀）」，而是使用「감축드립니다（感祝）」。不過，在祝賀更盛大的事情時，也會使用「경하드립니다（敬賀）」。

2. 회임이시옵니다 = 임신입니다
有喜、懷孕

의녀： 회임이 맞으시옵니다 . 경하드립니다 . 마마 .
궁녀： 조심해야지 !

醫女：的確是有喜了，恭喜娘娘。
宮女：要小心啊！

說明：
在《衣袖紅鑲邊》第 16 集出現的這段對話，是德任被醫女診斷出懷孕的一幕。以前韓國人不用「임신（妊娠／姙娠）」，而是「회임（懷妊／懷姙）」。

3. 성은이 망극하옵니다 = 감사합니다
聖恩浩蕩

신하 : 전 사헌부 지평 유지선은 수년 간 전국에 암행을 다니며 탐관오리의 비리를 적발하여 자칫 어긋날 수 있었던 민심을 바로잡는 등 혁혁한 공을 세웠으므로 그 공을 인정하여 품계를 올려주고 높은 관직을 제수하는 것으로 큰 상을 내리는 바 , 정 2 품 한성부 판윤에 임명하니 , 성심을 다해 임금의 뜻을 받들라 .

유지선 : 성은이 망극하옵니다 . 전하 .

大臣：前司憲府持平柳智善，數年間於全國微服私訪，揭發貪官污吏舞弊，並挽回稍有不慎即可能失去的民心，立下顯赫功勳，因認可該功績，將賜予重賞，為其提升品階並頒授高官職位，任命其為正 2 品漢城府判尹，請誠心遵照聖旨。

柳智善：聖恩浩蕩，殿下。

註：
지평（持平）：隸屬於司憲府（相當於現在的檢察機關）的中 5 品官吏
한성부 판윤（漢城府判尹）：相當於現在的首爾特別市長

說明：

這是《朝鮮律師》第 3 集出現的對話。這句話通常是對王說的，「성은（聖恩）」代表君王的恩惠，而「망극（罔極）」則是無窮無盡的意思。這種說法會在向君王致謝，表示「君王的恩惠無窮」時使用。

現在的韓國沒有君王，所以現代韓國人已經不用這種說法了，在古裝劇中才能聽到。

ᄂ. 통촉하여 주시옵소서
= 다시 한번 생각해 주세요
望殿下明察、請再三思

고사홍 : 작금의 이 시절은 곧 성상의 역사이옵니다 . 성상께서는 진정 이런 망국의 역사를 기록하시겠나이까 ?

다같이 : 통촉하여 주시옵소서 .

高士弘：現在這個時期，即是聖上的歷史。聖上真要寫下這種亡國的歷史嗎？

眾人：望殿下明察。

說明：

這是《陽光先生》第 17 集出現的台詞。這句話是大臣懇求君王時常用的說法。「通촉」的漢字為「洞燭」，意指點亮蠟燭，也就是奉勸王不要草草了事，應該秉燭照亮暗處，明察大臣的心境。

5. 이리 오너라 = 여기요
來人啊

고애신 : Come here~ come here~

함안댁 : 애기씨 , 뭐라고 하는 겁니까 지금 ? 금이요 ?

고애신 : Come here. 미국말로 '오너라', '이리'. '이리 오너라'라는 뜻일세 .

高愛信：Come here~ come here~

咸安氏：大小姐，您在說什麼？康米爾？

高愛信：是 Come here。這是英文的「過來」、「來這裡」、「來人啊」的意思。

說明：

這是《陽光先生》第 13 集出現的對話。以前的大門沒有門鈴，於是兩班到別人家拜訪時，都會在大門口呼喊「來人啊！」只要這樣喊，家裡的下人就會出來幫忙開門。

6. 게 아무도 없느냐?
= 거기 아무도 없어요?
沒人在嗎?

광해군 : 따라해 보거라 . '게 아무도 없느냐?'

하선 : 예 , 전하 .

광해군 : 따라하라지 않았느냐?

하선 : 예 , 전하 .

광해군 : 이놈 . 아는 말이 그것 밖에 없더냐?

光海君：跟著我唸，「沒人在嗎?」
河善：是，殿下。
光海君：不是叫你跟著唸嗎?
河善：是，殿下。
光海君：臭小子，你只會說這句話嗎?

說明：
這是在電影《光海》出現的對話，通常是王族、兩班要找宮人或下人時說的話。此外，當兩班站在大門口吶喊「이리 오너라!（來人啊!）」之後，仍然沒有人出來開門時，也會再次說出「게 아무도 없느냐?」。「게」是「거기（那裡、那邊）」的縮略語，不過現在已經不使用了。

7. 물럿거라 , OO 행차시다
= 비켜라 , OO 지나가신다
讓開，〇〇駕到

군관 : 외부대신 행차시다 . 물럿거라! 외부대신 행차시다 .

군관 : 웬놈이냐? 대한제국 외부대신 이세훈 대감이시다 . 당장 물러서지 못하겠느냐?

이세훈 : 저런 미친놈이 .

유진초이 : 말은 후진을 못 해서 .

軍官：外部大臣駕到。讓開!外部大臣駕到。
軍官：是哪個傢伙?這可是大韓帝國外部大臣李世勳大監，還不讓開?
李世勳：那個瘋子。
崔宥鎮：因為馬不會後退。

說明：
這是電視劇《陽光先生》第6集出現的對話。以前兩班在宮中上下班或外出時，並不是駕車，而是乘轎移動。此段對話為一名下人告知行人有兩班乘坐的轎子即將經過，要他們讓開以示禮貌。

8. 고뿔 = 감기
傷風、感冒

성덕임 : 송구하옵니다 . 소인이 고뿔에 걸려서 그만… 저하께서 고뿔에 걸리시면 큰일이 오니 그만 물러가겠사옵니다 .

이산 : 열은 없는데 .

成德任： 小的惶恐，小的患上了傷風……要是邸下也受風寒就不好了，小的就先退下了。

李祘： 沒發燒啊。

說明：

這是電視劇《衣袖紅鑲邊》第 7 集出現的對話。「고뿔」是「감기（感冒）」的古語。「고」是「코（鼻子）」的古語，而「뿔」則是「불（火）」的音變，因此形成了「고뿔」這個詞。因為鼻子著火了，才會流鼻水、打噴嚏，並且頭暈目眩吧？

9. 연모 = 사랑
愛慕、愛

충심인 줄 알았으나 연심이었습니다 . 연모합니다 . 저하 . 사내이신 저하를 이 나라의 주군이신 저하를 제가 연모합니다 .

原以為的忠心，其實是思慕之情。我愛慕著邸下，我愛慕著身為男人的邸下，身為一國之君的邸下。

說明：

這是電視劇《戀慕》第 9 集出現的告白台詞。「연모（戀慕）」是「愛慕並殷切思念著某人或某種存在」的意思。它在一般古裝劇中所表示的意思，跟「사랑하다（愛）」差不多。另外還有一個同義詞是「사모하다（思慕）」。

因為王是特別的存在，有些詞彙在對王使用時，會換成不同的說法。相關詞彙如下所示。

對君王使用的詞彙	韓文	中文
용안（龍 ）	왕의 얼굴	龍顏
어좌（御座）	왕의 자리	王位
매화（梅花）	왕의 대변	出恭
수라（水剌）	왕의 식사	御膳
옥쇄（玉璽）	왕의 도장	玉璽
어명（御命）	왕의 명령	聖旨
과인（寡人）	왕이 자신을 지칭하는 말 = 나	寡人
기침하시다 （起枕／起寢）	일어나다	起床
침소에 드시다 （寢所）	자러 가다	就寢
붕어하시다 （崩御）	돌아가시다	駕崩

韓國繪師 Bana：
透過繪製歷史，
我得以展現自我

文字整理｜ EZKorea 編輯部

圖片提供｜ Bana 老師

本期 MOOKorea，編輯部跨海邀請到韓國繪師——Bana 老師為本刊繪製封面。Bana 老師長期繪製韓國古人，以自己獨特的觀點與視角展現人物特色，並完美融合了傳統與現代，其精美韓系畫風深受大眾喜愛。本刊也特別邀請到 Bana 老師與我們分享繪製封面的幕後故事。

인터뷰

Bana 老師的 Instagram：banamama_b

Q1：請問 Bana 老師，為何選擇繪製「昭憲王后沈氏」作為本期封面人物？

昭憲王后沈氏是世宗大王的王妃。韓國人一定都知道創造韓文字、立下豐功偉業的朝鮮君王——世宗大王，昭憲王后沈氏則是與他一起打拼的夥伴。她不只扮演好賢內助的角色，更為了平息朝鮮首都——漢陽發生的火災，親赴前線指揮，展現強大的領導力。此外，當公公太宗李芳遠威脅自己娘家時，依然堅忍不拔，與世宗大王共同克服苦難。提到韓國女性，大多會想到勾心鬥角的張禧嬪與張綠水，或是犧牲自我的賢妻良母等人物，不過我知道韓國也有許多積極主動的女性，我希望讓各位讀者認識她們。

Q2：是否能向我們說明封面圖內的元素呢？

圖中人物坐的座位稱為御座（어좌），是朝鮮君王坐的地方，人物後方圖案是日月五峰圖（일월오봉도），為朝鮮獨有的文化。圖上有象徵天空與大地之下的太陽（陽）與月亮（陰）、青藍松樹、滔滔江水，以及象徵五行的五峰，坐在這中間的王則代表宇宙與世界。而圖中人物穿的是王妃的禮服——大禮服（대례복），是為翟衣，又可稱為法服（법복），在華麗的服飾上繡有帶吉祥之意的龍、波紋、石頭與長生草等，更能凸顯其美麗與威嚴。

Q3：繪製封面時，是否有遇到困難或挑戰？是怎麼克服的呢？

對於該如何根據史實繪製王的御座，我苦惱了很久。越深入觀察，越能感受繪製上方花紋、圖樣的構圖及位置十分不容易。只依循照片資料實在很難確切掌握，所以我親自走訪了一趟景福宮。我還記得當天非常炎熱，我站在君王曾處理國政的勤政殿前好一陣子，並以素描的方式記錄下來。另外，我也順道參訪了景福宮旁的古宮博物館，很開心能近距離考察王妃的服飾——翟衣，以及其身上的裝飾品。

Q4：我們相當好奇這些迷人的作品是如何被創作出來，能否分享您的日常作畫與工作流程？

我從以前就很喜歡繪製有著豐富背景故事的事物，而在養育兩個孩子的過程中，我接觸到各式民間傳統故事，也回想起小時候從爺爺奶奶那邊聽到的故事，我被捲入了當時的回憶，也發現這對我來說無比溫暖。因此我將這些成為我根源的故事融入於畫作，我認為這是能表達、展現「我」這個人最好的方式，並開始融合這些韓國傳統故事作畫，包括韓服、神話中的動物，以及宮廷軼事等多元素材。

Q5：最後，若讀者想進一步了解韓國歷史，您是否有推薦的節目？

現在網路上有許多關於韓國歷史的資訊，我也很喜歡觀賞韓國電影及連續劇，工作時，我主要會看 YouTube 吸收韓國傳說與民間故事。韓國曾被日本統治，不少文化及故事被日本抹滅或扭曲，許多韓國人為了導正，創立了相關頻道，訴說韓國本土真正流傳下來的故事與傳說，其中最著名的是「곽재식 작가가 들려주는 역사 속 괴물 이야기（暫譯：郭財植作家告訴你的歷史怪談）」。還有我最近又在 Netflix 上重看了《屍戰朝鮮》，與預期的陰森不同，此劇對於王位繼承、宗廟外觀，以及葬禮等皆十分考究，每看一次就讚嘆一次。如果想觀賞較輕鬆的題材，也很推薦《九尾狐傳》，這部劇將韓國妖怪呈現得十分玲瓏有趣。

圖為 Bana 老師結合韓國傳統故事的原創作品「朝鮮塔羅」，亦有在台灣募資平台嘖嘖上架。老師認為與其說用塔羅牌預測未來，倒不如說它是能與人產生共鳴、療癒自我的工具，之後也將推出融合東方 24 節氣的雷諾曼卡牌、月曆與日記本。

02

인물
Figures

本章節收集了 12 位朝鮮王
室成員、知名歷史人物富溫
度與趣味的小故事，帶你看
盡他們不平凡的一生。

대왕대비 大王大妃 ③

왕대비 王大妃 ③

대비 大妃 ③

후궁 後宮④

側室

왕 (= 임금) 王 = (君王) ①

正室

왕비 (= 중전)
王妃 (= 中殿) ②

세자빈 世子嬪 ⑧

正室

세자 (= 동궁)
世子 (= 東宮) ⑤

대군 大君⑥

공주 公主⑦

군 君⑨

옹주 翁主⑩

① 왕（＝임금）王（＝君王）

王死後，世子將成為下一任的王。朝鮮時代共有 27 名王，廟號由祖（조）、宗（종）、君（군）結尾，這是王死後才冠上的。人們會為建國或留下偉大成就的王，冠上「祖（조）」結尾的廟號；以「宗（종）」稱呼正統繼承王位的王；並以「君（군）」稱呼在位期間因暴政等因素而遭到廢黜的王。

② 왕비（＝중전）王妃（＝中殿）

王的正式妻子，同時也是一國之母，亦即「국모（國母）」。選拔王妃時，會對全國下達禁婚令，合完生辰八字，再透過三揀擇（삼간택）決定最終人選。在三揀擇落選的處女，終生不得結婚，要一輩子單身。

通常看古裝劇的時候，可以聽到人們稱呼王妃為「중전마마（中殿娘娘）」，那是因為王妃居住的景福宮交泰殿（교태전）正好位於宮闕中央，因此交泰殿又稱為中宮殿（중궁전）。

③ 대왕대비／왕대비／대비
大王大妃／王大妃／大妃

大王大妃：王的曾祖母。
王大妃：王的祖母。
大妃：王的母親。年幼的王即位時，大妃會垂簾聽政（수렴청정）。

④ 후궁 後宮

撇除中殿以外，王的妻子一律稱為後宮。後宮即是君和翁主的母親。成為後宮的方法大致分為兩種，一種是跟中殿一樣，透過揀選成為後宮，另一種則是宮女受到王的寵幸。若宮女受到王的寵幸，會成為特別尚宮（특별상궁），而特別尚宮懷孕後，則會成為從 4 品淑媛。後宮的詳細品階如下所示。

正 1 品	從 1 品	正 2 品	從 2 品	正 3 品	從 3 品	正 4 品	從 4 品
嬪	貴人	昭儀	淑儀	昭容	淑容	昭媛	淑媛

⑤ 세자（＝동궁）世子（＝東宮）

一般來說，王與王妃生下的第一個兒子是世子。世子從小就要為了登上王位，接受特別教育。人們通常稱世子為「세자저하（世子邸下）」或「동궁마마（東宮大人）」，這是因為世子生活的地方，位於宮闕東側。

⑥ 대군 大君

王與中殿生下的王子稱為大君。王與中殿的大兒子為世子，剩下的王子皆為大君。

⑦ 공주 公主

王與中殿生下的女兒。公主的老公稱為「駙馬（부마）」，而駙馬無法擔任官職。

⑧ 세자빈 世子嬪

世子嬪是世子的妻子，也是未來將成為中殿的人。

⑨ 군 君

王與後宮生下的王子稱為君。

⑩ 옹주 翁主

王與後宮生下的女兒。在我們熟知的翁主中，有「德惠翁主（덕혜옹주）」。德惠翁主是高宗與貴人梁氏生下的女兒，因此並不是公主，而是翁主。

01
태조 이성계
太祖李成桂

조선을 세운 사람
바로 나야!
建立朝鮮的人就是我！

人物檔案

\# 出生：1335 年 11 月 4 日
\# 逝世：1408 年 6 月 27 日
\# 星座：天蠍座

李成桂原本是高麗將軍，在成功擊退紅巾賊與倭寇
（日本）後揚名。1388 年因領土問題與明朝發生衝
突後，國王命令李成桂進行遼東征伐。大臣不得忤
逆王令，李成桂只好帶著士兵起程，不過他內心其
實反對遼東征伐。最後李成桂違抗王令，從威化島
返回開城，而這起事件史稱「威化島回軍」。
李成桂透過威化島回軍掌握政權後，創建了朝鮮，
成了朝鮮的第一位君王「太祖」。

四字成語「함흥차사（咸興差使）」的由來 🔊

　　사자성어는 보통 유래가 중국어지만 한국에서만 사용하는 것도 몇 개 있다 . 그중 하나가 '함흥차사'다 . 그리고 '함흥차사'는 이성계와 관련된 사건에서 생겨났다 . 이성계는 아들이 여러 명 있었다 . 아들들이 왕위를 두고 두 번의 난을 일으킨다 . 이것을 본 이성계는 너무 슬퍼서 왕위를 아들인 정종 (제 2 대 왕) 에게 물려주고 고향 함흥으로 떠난다 . 정종은 3 년 후 다른 형제인 태종 (제 3 대 왕) 에게 왕위를 넘겨준다 .

　　태종은 아버지를 걱정했다 . 그래서 다시 아버지를 경복궁으로 모시려고 여러 번 신하를 함흥으로 보냈다 . 이 일을 맡은 신하를 '차사'라고 했다 . 하지만 이성계는 차사가 오면 죽여버렸다 . 이때부터 한 번 가면 돌아오지 않는 사람을 '함흥차사'라고 한다 .

　　四字成語通常來自中文，不過也有幾個是只在韓國使用的，其中一個即是「咸興差使」。而「咸興差使」起源於一個與李成桂有關的事件。李成桂有好幾個兒子，而他的兒子們曾為王位引起兩次之亂。見狀的李成桂傷心欲絕，把王位傳給兒子定宗（第二代君王）後，便返回故鄉咸興。定宗在三年後，將王位傳給另一個兄弟太宗（第三代君王）。

　　太宗十分擔心父親，因此屢次派大臣至咸興，希望將父親接回景福宮。負責此事的大臣，人稱「差使」。然而每當差使到來，李成桂就會殺死他們。從此以後，人們便用「咸興差使」來形容一去不回的人。

（參考資料：나무위키、네이버 지식백과）

單字
난（亂）：騷亂、動亂
일으키다：引發、掀起
물려주다：傳承
신하（臣下）：大臣

例句
A：앤디 씨는 커피를 사러 가더니 함흥차사네요 .
安迪去買咖啡，卻變成咸興差使了。

B：아마 커피를 사고 다른 데로 갔나 봐요 .
他可能是買咖啡後又去了別的地方。

02
세종대왕
世宗大王

조선 최고의 성군
朝鮮最偉大的明君

(人 物 檔 案)

\#出生：1397 年 5 月 15 日
\#逝世：1450 年 4 月 8 日
\#星座：金牛座

世宗大王是朝鮮第四代君王，在許
多方面留下了豐功偉業。首先是設
置集賢殿，培育學子，並透過莘莘
學子的研究，確立了行政體系。此
外，他也派人撰寫了關於歷史、地
理、政治、經濟、天文、道德、禮儀、
文字、音韻學、文學、宗教、軍事、
農事、醫藥、音樂等多元書籍。
其中他最大的成就是「創造韓文
字」。在世宗大王時期被創造出來
的韓文字幾經變化，成了現在的韓
國人使用的文字——「한글（韓文
字）」。

黃喜與世宗大王間的拉扯？！

　　황희는 일도 잘하고 사람들과의 관계도 잘 맺는 인재였다 . 조선 시대의 관직 중 영의정은 제일 높은 관직인데 그는 세종 시대에만 18 년 , 태종과 세종 시대를 모두 합치면 24 년이나 영의정을 했다 . 이렇게 고위 관료를 오래 하면 큰 집에서 살 법도 한데 그는 검소하여 비가 새는 초가집에서 살았다고 한다 . 황희는 65 세에 은퇴를 결심하고 그때부터 20 년 동안 여러 번 사직서를 올리지만 세종대왕은 그때마다 그의 요청을 반려한다 . 그러다가 황희가 87 살이 되던 해 , 드디어 사직이 윤허된다 .

　　신기하게도 황희가 사직한 지 4 개월 후 세종대왕은 세상을 떠나게 된다 . 그리고 황희는 은퇴 후의 삶을 3 년 밖에 즐기지 못하고 90 세의 나이로 세상을 떠나게 된다 .

　　黃喜是個很會做事、擅長處理人際關係的人才。朝鮮時代的官職中，領議政是官階最高的，而黃喜光是在世宗時代就任職了 18 年，將太宗與世宗時代加總起來，足足擔任了 24 年的領議政。如果像這樣擔任高官多年，通常會住在大房子裡，但是據説他生性儉樸，居住在會漏雨的茅草屋裡。黃喜在 65 歲決定退休，從那時起算的 20 年間上呈了好幾次辭呈，世宗大王卻總是退回他的請求。後來，在黃喜 87 歲的那年，才終於獲准辭職。

　　神奇的是，黃喜辭職 4 個月後，世宗大王便離開了人世。而黃喜也僅享受到 3 年的退休生活，於 90 歲離開人世。

（參考資料：위키백과、한국역사 탐구）

單字

합（合）치다：加總

검소（儉素）하다：簡樸、純樸

새다：漏、滲透

은퇴（隱退）：退休

반려（返戾）하다：駁回、退回

윤허（允許）되다：（君王）准許

03
장영실
蔣英實

천민 출신의 조선 최고의 과학자

賤民出身，朝鮮最偉大的科學家

人物檔案

＃出生：約 1390 年
＃逝世：不詳
＃星座：不詳

蔣英實的父親自元朝歸化，母親是名妓女，由於
朝鮮採用從母制度，因此他一出生就是賤民身分。
許多人都知道蔣英實於世宗時期在宮中擔任發明
家、科學家，但他其實在太宗時期就已經受到拔
擢，世宗則幫助他擺脫了賤民的身分。

某天發生了一起事件，世宗的御駕碎裂，其他大
臣向蔣英實追究責任，逼得蔣英實退下官職。離
宮後，蔣英實的去向不明，因此無從得知他死亡
的時間。

蔣英實的種種發明物

　　장영실은 조선 최고의 과학자이자 발명가였다 . 그는 여러 가지 물건들을 발명하여 조선의 천문과 과학에 큰 기여를 하였다 .

1. 측우기 : 강우량을 측정하기 위해 만든 기구이다 . 측우기가 발명된 후 전국에 설치하여 강우량 관측 및 자료 수집이 가능해졌다 .
2. 수표 : 강 , 하천의 수위를 재는 기구이다 . 한강과 청계천에 설치하여 하천의 수위 변화를 측정하였다 . 세종 때 만들어진 수표교는 현재 장충단공원에 있다 .
3. 앙부일구 : 그림자의 위치로 시간을 나타내는 해시계다 .
4. 자격루 : 물시계로 수력을 이용해 자동으로 작동되는 것이 특징이다 . 시간이 되면 소리가 울리고 인형이 나와 몇 시인지 알려준다 .
5. 혼천의 : 천문관측기구로 천체의 움직임을 재현하면서 시간을 알려주는 역할도 했다 .

　　蔣英實是朝鮮最偉大的科學家與發明家,他發明了各式物品,對朝鮮的天文與科學有巨大貢獻。

1. 測雨器:為測量降雨量而製作的器具。自從測雨器被發明出來並裝設於全國後,便可以觀測降雨量與蒐集資料。
2. 水標:測量江水、河川水位的器具。裝設於漢江與清溪川,測量河川的水位變化。在世宗時期被創造出來的水標橋,目前位於獎忠壇公園。
3. 仰釜日晷:根據陰影位置顯示時間的日晷。
4. 自擊漏:水鐘,特徵是利用水力自動運作。時間一到就會響,並出現玩偶報時。
5. 渾天儀:天文觀測器具,亦有重現天體運行、報時的作用。

（參考資料：위키백과、장영실과학관）

單字

기여（寄與）：貢獻	**나타내다**：顯示、表現出
측정（測定）하다：測量	**해시계（時計）**：日晷
기구（器具）：器具、工具	**하천（河川）**：河川

04
단종
端宗

욕심 많은 숙부 때문에 단명한 왕
因貪婪的叔叔而短命的王

人物檔案

\#出生：1441 年 8 月 18 日
\#逝世：1457 年 11 月 16 日
\#星座：獅子座

端宗是朝鮮第六代君王，在位期間僅有三年。在朝鮮第五代君王文宗駕崩後，他年僅 14 歲就登上王位，即位第二年，叔叔首陽大君便覬覦王位。最後，首陽大君成了第七代君王世祖，而端宗退下王位，成為太上王。眾臣曾試圖讓端宗復位卻失敗。自從這起事件發生後，端宗就被降級為普通王子，被流放到江原道寧越，後來又被降等為庶人，並於 16 歲被國王賜毒藥而死。

端宗的流放地──寧越

강원도 영월군은 단종의 유배지였다 . 현재까지도 영월에는 단종의 유배지 , 단종이 묻혀 있는 왕릉 등이 남아 있어 많은 한국인들이 찾는 관광지가 되었다 .

1. 장릉 : 단종의 무덤이다 .

2. 청령포 : 단종이 왕위에서 쫓겨나 처음 유배되었던 곳이다 . 청령포는 나룻배가 아니면 드나들 방법이 없는 곳인데 단종은 이곳에서 두 달간 유배 생활을 했다 .

3. 관풍헌 : 청령포에 큰 홍수가 나서 옮긴 단종의 유배지다 . 관풍헌은 원래 객사로 쓰였던 곳이다 . 단종은 관풍헌 내 자규루에 올라 울적한 마음을 달랬다고 전해진다 . 그리고 단종은 이 관풍헌에서 사약을 받아 생을 마감했다 .

영월에는 이밖에 한반도지형 , 고씨굴 , 선돌 , 법흥사 등 볼거리가 다양하다 . 서울에서 고속버스 , 기차로 영월에 갈 수 있다 .

江原道寧越郡是端宗的流放地點。時至今日,寧越仍保留著端宗的流放地點、端宗被埋葬的王陵等,因此成了許多韓國人到訪的觀光景點。

1. 莊陵:端宗的墳墓。

2. 清泠浦:端宗被逐下王位後,首次遭到流放的地點。清泠浦是僅能倚靠渡船進出的地方,而端宗在此度過了兩個月的流放生活。

3. 觀風軒:因清泠浦發生嚴重水災,因此端宗的流放地點移至此處。觀風軒本來是間客棧,據說端宗登上觀風軒內的子規樓後,抑鬱的內心獲得了撫慰。後來,端宗在此收下國王賜下的毒藥,結束了一生。

除此之外,寧越還有韓半島地形、高氏窟、立石、法興寺等多元景點。從首爾搭乘客運、火車,都可以抵達寧越。

（參考資料：한국민족문화대백과사전、한국관광공사 - '대한민국 구석구석'）

單字

나룻배：渡船

드나들다：進進出出、出入

홍수（洪水）：洪水

객사（客舍）：客棧、旅社

울적（鬱寂）하다：抑鬱、鬱悶

달래다：撫慰、安慰

생（生）：人生

마감하다：結束、終止

05
연산군
燕山君

조선 최고의 폭군,
조선 최초로 폐위당한 왕

朝鮮第一暴君，朝鮮首位被廢黜的王

人物檔案

#出生：1476 年 12 月 2 日
#逝世：1506 年 11 月 30 日
#星座：射手座

燕山君是朝鮮第十代君王，在
1495年，以 19 歲的年紀登上王位。
他剛登上王位時，與其他君王沒有
什麼不同，可是自從他得知自己母
親被成宗賜死後，大受打擊，開始
不操持國政，以殘忍方式報復當初
贊成殺死他母親的人們。就這樣，
他在位期間，殺死了多條性命，並
肆行宴會、狩獵、淫行等暴政，後
來才因為中宗反正遭到廢黜。

燕山君的愛妾──張綠水

　　연산군에게는 정말 사랑했던 후궁이 있는데 바로 숙용 장씨이다 . 흔히 한국 사람들은 그 후궁을 본명인 '장녹수' 라고 부른다 . 장녹수는 노비 출신이었지만 노래와 춤으로 유명해졌다 . 30 세가 되었어도 용모가 뛰어나 연산군에 발탁되어 총애를 받았다 . 모든 상과 벌이 그녀의 입에서 행해질 정도로 연산군의 총애를 받았다고 한다 .

　　처음에는 종 4 품인 숙원 (淑媛) 에 봉해지는 동시에 무수한 금 · 은 · 주옥 · 노비 · 전택 (田宅) 등을 하사받았다 . 그러다가 1503 년 (연산군 9 년) 종 3 품인 숙용 (淑容) 에 봉하여졌다 . 연산군을 어린애 다루듯 하였고 연산군이 격노하였을 때도 그녀를 보면 즉시 희색을 띨 정도로 교태스럽고 요사스러워 연산군 실정의 한 요인을 만들었다 . 1506 년 중종반정 때 참형 (斬刑) 에 처하여졌다 .

　　燕山君有個深愛的後宮，那就是淑容張氏。韓國人常用那位後宮的本名「張綠水」來稱呼她。張綠水雖然是奴婢出身，卻因歌舞而揚名。即使已經 30 歲，仍然容貌出眾，因此被燕山君擢用而受寵。據說她受到燕山君寵愛程度之高，一切賞罰都是她説了算。

　　一開始，她受封為從 4 品淑媛，同時被賜予無數的金、銀、珠玉、奴婢、田宅等。後來，她在 1503 年（燕山君 9 年）受封為從 3 品淑容。她像對待孩子一樣對待燕山君，而其嬌媚與狡詐，讓燕山君即使震怒，只要一看到她，便會立刻喜形於色。此為燕山君失政的其中一個主因。她在 1506 年中宗反正時，被處以斬刑。

（參考資料：한국민족문화대백과사전 ）

單字

발탁 (拔擢) 되다：被提拔	**다루다**：對待、處理
봉 (封) 하다：受封、冊封	**격노 (激怒) 하다**：震怒、憤怒
무수 (無數) 하다：無數、許多	**교태 (嬌態) 스럽다**：嬌媚
하사 (下賜) 받다：被賜予	**요사 (妖邪) 스럽다**：狡詐

06
이순신

李舜臣

나의 죽음을 알리지 말라.

別公布我的死訊。

人物檔案

\#出生：1545 年 4 月 28 日
\#逝世：1598 年 12 月 16 日
\#星座：金牛座

李舜臣是朝鮮時代的將軍，亦是極受韓國人尊敬的偉人之一。不只出現在韓國貨幣（100 韓元）上，光化門廣場也有李舜臣將軍的銅像，甚至連一般的國小，也一定會有李舜臣將軍和世宗大王的銅像。

在第十四代君王宣祖時期，日本侵略朝鮮，展開了為期七年的戰爭。當時李舜臣將軍以賢明的智慧，擊敗了侵略朝鮮的日本軍，但他卻因中槍而斷氣。他戰死前，說道：「別公布我的死訊」。

壬辰倭亂與李舜臣

임진왜란은 1592 년부터 1598 년까지 일본이 조선에 쳐들어와 벌였던 전쟁이다 . 이 전쟁으로 수도인 한양 (현재 서울) 에 있던 선조가 명나라와 인접해 있는 의주로 피난을 가는 상황까지 발생하게 된다 .

1. 거북선 : 나대용은 이순신을 도와 거북선을 만들어 일본군을 막아냈다 . 거북선은 상부에 철갑을 씌우고 쇠못을 박아 적군이 배 위에 올라타지 못하게 만들고 앞쪽과 옆쪽에서 공격할 수 있게 제작되었다 . 이순신 장군은 거북선을 이용하여 수많은 일본군함을 격파할 수 있었다 .

2. 학익진 : 학이 날개를 편 모양과 비슷해서 붙여진 이름으로 부채꼴 모양으로 적을 감싸는 방법이다 . 동서고금을 막론하고 자주 사용되는 전술이다 . 특히 이순신 장군이 한산대첩에서 이 전술을 사용하여 일본군을 크게 이겼다 .

壬辰倭亂是從 1592 年至 1598 年，因日本進攻朝鮮而爆發的戰爭。這場戰爭導致原本待在首都漢陽（現在的首爾）的宣祖，前往與明朝接壤的義州避難。

1. 龜船：羅大用幫李舜臣建造龜船，擋下了日本軍。龜船上方覆蓋鐵甲並嵌入鐵釘，防止敵軍爬上船，並製作成可以從前方與兩側展開攻擊。李舜臣將軍利用龜船，成功擊退了許多日本軍艦。

2. 鶴翼陣：因與鶴展翼的模樣相近，故稱作鶴翼陣，是一種運用扇形包圍敵人的方法，也是不分古今中外常用的戰術。尤其是李舜臣將軍曾在閑山島大捷使用此戰術，大勝日本軍。

（參考資料：위키백과）

單字

쳐들어오다 : 攻進來
인접 (隣接) 하다 : 接壤、相鄰
막아내다 : 擋下、擋住
철갑 (鐵甲) : 鐵甲
씌우다 : 覆蓋；使蒙上

쇠못 : 鐵釘
군함 (軍艦) : 軍艦
격파 (擊破) 하다 : 擊退、擊潰
부채꼴 : 扇形、扇狀
동서고금 (東西古今) : 古今中外

07
광해군
光海君

외롭고 고독했던 조선의 군주
寂寞孤獨的朝鮮君主

（人物檔案）

＃出生：1575 年 6 月 14 日
＃逝世：1641 年 7 月 28 日
＃星座：雙子座

光海君是朝鮮第十五代君王，也是第一個由後宮生下，卻被冊封為王世子的人，這樣的出身背景，成了他日後治理國政的絆腳石。壬辰倭亂時，父親宣祖前往避難，不過光海君選擇留下來守護國民。在對外政策方面，他在明朝與後金的關係中，採取了中立的外交政策，然而他與後金關係密切，以及執著於建造房屋與宮闕，招來了眾臣的反感，後來他因為仁祖反正遭到驅逐，也因此和燕山君一樣，成了遭到廢黜的王。

光海君的偏好與厭惡

1. 원래 조선도 서양처럼 남녀노소를 막론하고 맞담배를 피우던 문화였으나 광해군은 담배 냄새를 몹시 싫어해서 어른 앞에서 담배를 피우지 못하게 하는 예절을 만들었다 . 이 예절은 지금까지도 이어져 한국 사람들은 어른과 맞담배를 피우지 않는다 .

2. 미신을 매우 신봉하여 풍수가나 점쟁이를 항상 가까이하여 나랏일을 할 때도 그들의 의견을 많이 참고했다고 전해진다 . 또한 미신을 신봉하는 그의 성격은 궁궐 건축 집착으로 이어지고 폐위되는 결말을 맞게 된다 .

3. 광해군은 익힌 고기는 먹지 않고 육회나 살짝 익힌 고기만 먹었다고 한다 . 또한 나물은 더러운 것이라며 먹지 않아 배변 장애에 시달렸다고 전해진다 .

1. 本來朝鮮文化也和西洋一樣，不分男女老少皆會面對面抽菸，但是光海君極度厭惡菸味，因而制定了不得在長輩面前抽菸的禮節。這個禮節沿襲至今，所以韓國人不會與長輩面對面抽菸。

2. 據說光海君非常迷信，總是和風水師、算命師走得很近，處理國務時也經常參考他們的意見。此外，他迷信的個性演變成對建造宮闕的執著，因此招致遭廢黜的下場。

3. 聽說光海君不吃熟肉，僅吃生牛肉或微熟的肉。此外，據說他嫌蔬菜是髒東西所以不吃，因此飽受便祕所苦。

(參考資料：나무위키)

單字

맞담배：面對面抽菸、對著他人抽菸
신봉（信奉）하다：信奉、奉行
풍수가：風水師

점（占）쟁이：算命師
폐위（廢位）되다：遭廢黜
나물：蔬菜

08
장희빈
張禧嬪

조선판 신데렐라
朝鮮版灰姑娘

人物檔案

#出生：1659 年 11 月 3 日
#逝世：1701 年 11 月 9 日
#星座：天蠍座

張禧嬪，本名張玉貞，是朝鮮第十九代君王肅宗的夫人，也是朝鮮第二十代君王景宗的母親。她是朝鮮史上唯一以宮女身分入宮、成為後宮，並在最後登上中殿的人物，同時也是唯一一個從中殿被降等為後宮的人。她不僅被揭穿要作法詛咒仁顯王后死，還基於管教理由，鞭打了當時有孕在身的後宮淑嬪崔氏。最終，她被肅宗賜予毒藥，結束了一生。

受到肅宗寵愛的張禧嬪

장희빈은 조선왕조실록에 유일무이하게 미인이었다고 기록된 여성이다 . 숙종은 이런 장희빈을 여러 방법으로 총애했다 . 먼저 , 장희빈의 산후 조리를 돕기 위해 장희빈 모친이 입궁했는데 이때 중인이었던 모친은 양반 부인들도 함부로 못 타는 옥교를 타고 왔다 . 그것을 본 신하 두 명이 옥교를 불태우며 가마꾼을 벌 주었다 . 이에 숙종은 화를 내며 그 신하들을 죽였다 .

숙종이 장희빈의 아들을 원자로 책봉하려고 하자 신하들은 중전이 아들을 낳을 수도 있다며 만류하였다 . 하지만 숙종은 장희빈의 아들을 원자로 책봉하고 장옥정을 정 1 품 빈으로 책봉하였다 .

마지막으로 숙종은 3 년 전 인현왕후가 꿈을 토대로 장희빈을 나쁘게 말한 것을 명분으로 갑자기 인현왕후를 쫓아내고 장희빈을 중전으로 책봉했다 .

張禧嬪是在《朝鮮王朝實錄》唯一被記載為美人的女性，肅宗用各種方法寵愛著張禧嬪。首先，張禧嬪的母親為了幫張禧嬪坐月子而入宮，而當時是中人的張禧嬪母親，乘坐了連兩班夫人也不能隨意搭乘的玉轎。見狀的兩名大臣燒毀玉轎，並懲罰了轎夫，對此肅宗大發雷霆，殺死了那兩個大臣。

肅宗打算將張禧嬪的兒子冊封為元子，眾臣加以勸阻，說中殿也可能生下兒子，不過，肅宗仍冊封張禧嬪的兒子為元子，並冊封張玉貞為正 1 品嬪。

最終，肅宗藉著仁顯王后 3 年前曾根據夢境說張禧嬪壞話的名義，突然驅逐了仁顯王后，並冊封張禧嬪為中殿。

（參考資料：나무위키、유튜브 -tvN D ENT）

單字

유일무이（唯一無二）하다：獨一無二、唯一
산후 조리（産後調理）：坐月子
옥교（玉轎）：玉轎
가마꾼：轎夫
벌 (을) 주다：懲罰

원자（元子）：元子（尚未被冊封為王世子的君王長子）
만류（挽留）하다：勸阻；挽留
토대（土臺）：地基、基礎
명분（名分）：名義、藉口、理由

09
사도세자
思悼世子

뒤주에 갇혀 죽은 세자
被關進米櫃而死的世子

人物檔案

＃出生：1735 年 2 月 13 日
＃逝世：1762 年 7 月 1 日
＃星座：水瓶座

思悼世子的父親是朝鮮第二十一代君王英祖，母親是暎嬪李氏，他是兩人分別在 42 歲、40 歲時生下的兒子。思悼世子從小聰慧，學習千字文時，學到奢侈的「侈」，便指著自己穿的衣服說：「這是奢侈」。不過，據說英祖對兒子的期待過高，對思悼世子進行的苛責與精神虐待令他難以承受。最後，思悼世子得了精神疾病，行徑詭異且脫序，後來在 27 歲那年的 7 月，被關進米櫃 8 天，活活餓死。

思悼世子的夫人惠慶宮洪氏與《閒中錄》

혜경궁 홍씨는 사도세자의 정실부인이며 조선 제 22 대 왕 정조의 어머니다 . 사도세자 사망 후 영조가 혜빈이라는 빈호를 하사했다 . 혜경궁은 아들 정조로부터 받은 궁호다 . 이 궁호는 남편이 세자시절 사망해 혜경궁 홍씨 자신이 중전의 자리에 오르지 못한 것과 관련이 있다 .

혜경궁 홍씨는 60 세가 되던 해 '한중록' 이라는 책을 썼다 . 이 책은 십수년에 걸쳐 여러 번 쓰였는데 '한중록' 은 혜경궁 홍씨의 출생 , 입궁 및 세자빈 , 혜빈 , 혜경궁 홍씨로서 자신의 삶을 써 내려간 자서전이라고 할 수 있다 . 동시에 사도세자의 죽음과 왕실 내의 비화 , 여러 인물들의 성격 묘사와 사건 및 대화 등을 상세히 저술하였다 . 따라서 한중록은 현재까지도 한국인들에게 많이 읽히고 있는 고전 중 하나이다 .

惠慶宮洪氏是思悼世子的正室夫人，也是朝鮮第二十二代君王正祖的母親。思悼世子死後，英祖賜予她嬪號「惠嬪」，惠慶宮則是她從兒子正祖那裡獲得的宮號。此宮號與她的丈夫在世子時期死亡，導致惠慶宮洪氏無法登上中殿之位有關。

惠慶宮洪氏滿60歲的那年，撰寫了《閒中錄》一書。此書歷經數十年、數次撰寫而成，《閒中錄》可謂是惠慶宮洪氏的自傳，記載了她出生、入宮，以及做為世子嬪、惠嬪、惠慶宮洪氏的人生。同時，也詳細記述了思悼世子之死、王室祕辛、各個人物的個性描述與事件、對話等。因此，《閒中錄》至今仍是廣受韓國人拜讀的經典之一。

（參考資料：나무위키、위키백과、한국민족문화대백과사전）

單字			
하사（下賜）하다：賞賜、賜予		비화（祕話）：祕聞、祕辛	
오르다：登上、升遷		저술（著述）하다：著述、撰述	
자서전（自敍傳）：自傳		고전（古典）：古典、經典	

10

정약용

丁若鏞

조선 후기의 실학자
朝鮮後期的實學者

人物檔案

\#出生：1762 年 8 月 5 日
\#逝世：1836 年 4 月 7 日
\#星座：獅子座

丁若鏞是朝鮮後期的文臣與實學者。他研擬了許多實用的政策，例如井田制（將土地劃分為九份，八份分給農民，一份獻給國家，共同進行耕作）等。此外，他也透過重新詮釋儒教經典，試圖反思當時支配著朝鮮的世界觀。另，朝鮮第二十二代君王正祖進行了水原華城的修築，當時丁若鏞研發出舉重機，對水原華城的建設貢獻甚鉅。

丁若鏞與天主教 🔊

　　학문에 관심이 많았던 정약용은 여러 학자들과 어울려 지냈다 . 그렇게 천주교 신자였던 학자들을 알게 되고 그를 통해 당시 '서학 (西學)'이라고 불리던 천주교를 접하게 되었다 .

　　정약용은 서학을 연구하던 중 그 교리에 심취하여 세례까지 받게 되었다 . 하지만 당시 조선은 천주교를 탄압하던 시절이었기 때문에 정약용과 기타 천주교 신자들은 몰래 천주교에 대해 학습하고 신앙 생활을 이어나갈 수 밖에 없었다 . 그러던 중 궁에서 천주교를 사악한 종교라고 규정지으며 천주교도들을 박해하는 당시 정세 때문에 정약용은 배교하기도 하지만 다시금 천주교인들과 접촉하기도 하고 신앙 생활을 이어나갔다 . 그렇지만 정약용 집안에서는 11 명이 천주교인이라는 이유로 목숨을 잃고 정약용은 귀양을 가는 등 많은 고초를 겪었다 .

　　喜歡鑽研學問的丁若鏞，與幾名學者相處融洽，他就這麼認識了一群身為天主教信徒的學者，並藉此接觸到當時人稱「西學」的天主教。

　　丁若鏞在研究西學的過程中，醉心於其教理，甚至還接受了洗禮。不過，當時正值朝鮮打壓天主教的時期，因此丁若鏞與其他天主教信徒僅能暗地學習天主教，並維持信仰。就在那時，因為宮中認定天主教是邪惡的宗教，加上當時迫害天主教徒的政治局勢，丁若鏞曾經離教，但後來又再次接觸天主教人士，繼續維持信仰。然而，丁若鏞家中有 11 人因為是天主教徒而喪命，丁若鏞則是遭到流放，經歷了許多痛苦。

（ 參考資料：위키백과、나무위키 ）

單字

신자 (信者)：信徒
접 (接) 하다：接觸、得知
심취 (心醉) 하다：陶醉、沉醉
탄압 (彈壓) 하다：鎮壓、彈壓
사악 (邪惡) 하다：邪惡、險惡

규정 (規定) 짓다：規定；認定
박해 (迫害) 하다：迫害
다시금：再一次、重新
귀양：流放、發配
고초 (苦楚)：痛苦、苦楚

11

덕혜옹주
德惠翁主

대한제국의 마지막 황녀
大韓帝國最後的皇女

人物檔案

#出生：1912 年 5 月 25 日
#逝世：1989 年 4 月 21 日
#星座：雙子座

德惠翁主由朝鮮第二十六代君王、大韓帝國首代皇帝高宗，與其後宮貴人梁氏所生下。德惠翁主出生時高宗已經 60 歲，且為其最後一個女兒，高宗甚至為了她，在德壽宮創立了幼稚園，可見其深厚的父愛。

德惠翁主出生時，朝鮮已經是日本的殖民地，因此在日本的逼迫下，她前往日本留學，也被迫和日本人結婚並產下一女，只是女兒後來失蹤了。德惠翁主患有思覺失調症，她的丈夫最後決定與她離婚，並把她送到精神病院。

好不容易才成功，德惠翁主終於歸國

　　고종은 덕혜옹주가 8 살이 되던 해 일본인과의 혼인을 막기 위해 김장한과 약혼시켰으나 고종의 사망 후 이 약혼은 무효가 된다 . 일본은 덕혜옹주를 일본으로 강제 유학을 보내고 일본인과 결혼시킨다 .

　　1945 년 , 일본의 패망으로 한국은 독립하지만 이승만 정부는 공화국의 상징성을 잃을까 봐 대한제국 황실을 인정하지 않고 황족의 국적 회복 및 귀국 요청을 거부했다 . 그래서 덕혜옹주를 포함한 황족들은 귀국할 수 없었다 .

　　김장한의 형인 기자 김을한이 일본에 특파원으로 있을 때 정신병원에 있는 덕혜옹주를 찾아냈고 그의 노력으로 박정희 대통령이 덕혜옹주의 귀국을 승인하게 된다 . 이렇게 덕혜옹주는 1962 년에 한국에 돌아와 창덕궁 낙선재에서 살다가 1989 년에 향년 77 세의 나이로 생을 마감했다 .

　　高宗在德惠翁主 8 歲那年，為了阻止她與日本人成婚，讓她和金章漢訂婚。然而高宗死後，這場訂婚就不算數了。日本強迫德惠翁主前往日本留學，並讓她和日本人結婚。

　　1945 年，雖然韓國因日本的敗亡而獨立，可是李承晚政府擔憂失去共和國的象徵性，因此不承認大韓帝國皇室，拒絕了皇族恢復國籍與歸國的申請。因此，包含德惠翁主在內的皇族都無法返國。

　　金章漢的哥哥——記者金乙漢在日本當特派員時，找到了待在精神病院的德惠翁主，且在他的努力下，朴正熙總統批准了德惠翁主的歸國。就這樣，德惠翁主在 1962 年回到韓國，居於昌德宮樂善齋，後來於 1989 年結束一生，享年 77 歲。

（參考資料：나무위키）

單字			
혼인 （婚姻）	：婚姻、結婚	회복 （回復／恢復）	：恢復、復原
약혼 （約婚）	：訂婚	특파원 （特派員）	：特派員
패망 （敗亡）	：敗亡	승인 （承認） 하다	：批准、同意；認可、承認
상징성 （象徵性）	：象徵性	향년 （享年）	：享年、終年

12
이우
李鍝

역사의 희생양
歷史的犧牲品

人物檔案

＃出生：1912 年 11 月 15 日
＃逝世：1945 年 8 月 7 日
＃星座：天蠍座

李鍝是朝鮮第二十六代君王、大韓帝國首代皇帝
高宗的第五個兒子義親王李堈的次子，人稱「李
鍝公」。1922 年，他和許多皇族一樣，被強迫
到日本留學，並進入日本陸軍士官學校，成為了
軍人。雖然許多皇族與日本人結婚，李鍝的父親
義親王卻致力於讓兒子與朝鮮人結婚，最後李鍝
也順利和朝鮮人成婚。1945 年 8 月 6 日，李鍝
在上班途中被原子彈炸到，隔日身亡。

李鍝與原子彈 🔊

이우는 육군사관학교 졸업 후 군인이 되었다 . 이우가 군인으로 재직하던 시절은 일본이 군국주의로 인해 아시아 각지에서 전쟁을 벌이던 시절이었다 . 그는 조선에 살고 싶어서 다양한 방법으로 전역을 신청했으나 거절당했다 . 결국 어쩔 수 없이 일본에 돌아가 히로시마에서 군생활을 하게 된다 . 그리고 1945 년 8 월 6 일 , 이우는 자동차가 있었음에도 불구하고 말로 출근하는 길에 미군이 떨어뜨린 원자폭탄에 피폭되어 그 이튿날 사망한다 .

그의 유해는 한국에 묻혔지만 1957 년 일본은 가족의 동의 없이 야스쿠니 신사에 그의 이름 , 사망 장소 , 사망 날짜 등이 적힌 위패를 놓는다 . 이 일은 2007 년에 뒤늦게 알려져 논란이 되기도 하였다 . 또한 히로시마 평화기념공원에는 한국인 원폭 희생자 위령비가 있다 .

李鍝在陸軍士官學校畢業後成為軍人。李鍝在職當軍人時，日本正因軍國主義，在亞洲各地展開戰爭。他因為想要在朝鮮生活，用了多種方法申請轉調，卻遭到拒絕，最後只能無奈回到日本，在廣島從軍。後來，在 1945 年 8 月 6 日，即使李鍝有汽車，他還是選擇騎馬上班，並在上班路上被美軍投擲的原子彈炸到，於翌日身亡。

他的遺骸雖然被埋葬在韓國，但是 1957 年，日本未經其家人同意，便在靖國神社立下寫有他姓名、死亡地點、死亡日期等的牌位，此事到 2007 年才為人所知並引起爭議。此外，在廣島和平紀念公園也有韓籍原爆遇難者的慰靈碑。

（參考資料：위키백과）

單字

원자 폭탄（原子爆彈）：原子彈
재직（在職）하다：在職
전역（轉役）：軍人轉業
떨어뜨리다：放下、使落下

피폭（被爆）되다：被轟炸
이튿날：第二天、翌日
묻히다：被埋
희생자（犧牲者）：犧牲者、遇難者

관점
View

到韓國旅遊時，你是否也會將宮闕排入行程呢？本章節提供 6 份旅遊提案，為你的旅程添上新意。另外，我們將帶你深入瞭解韓國 9 大宮闕，探索該處曾經發生過的大小事。

INTRO. 朝鮮時代宮殿基礎知識

1. 朝鮮時代五大宮闕：景福宮（경복궁）、昌德宮（창덕궁）、昌慶宮（창경궁）、慶熙宮（경희궁）、德壽宮（덕수궁）

2. 朝鮮時代宮闕制度：兩闕體制（法宮與離宮）
(1) 法宮（법궁）：君王處理國事的第一宮闕。
(2) 離宮（이궁）：比法宮低一級的第二宮闕，為預防第一宮闕發生變故而設置的宮闕。
(3) 其他：別宮、行宮等。
　　—別宮（별궁）：從高麗時代流傳下來的習俗，用於接待外國使節或舉行王室婚禮等的宮殿。
　　—行宮（행궁）：君王巡訪地方時使用的宮殿，可用於避暑、避寒、休養或軍事目的。

3. 朝鮮的法宮是景福宮，離宮是昌德宮，兩者的興建時間僅相差 10 年。昌慶宮則是作為大妃居所而建造的。許多人將景福宮與昌德宮視為一座宮闕，朝鮮前期的宮闕可說是以景福宮與昌德宮兩大宮闕體制來運作。儘管景福宮是代表朝鮮的法宮，但在朝鮮後期昌德宮也被當作法宮使用。

4. 朝鮮時代宮闕特徵：外殿與內殿。
(1) 外殿（외전）：正殿（정전）和偏殿（편전）
　　正殿是舉行國家活動的地方；偏殿是君王工作的辦公室。
(2) 內殿（내전）：寢殿（침전）和大妃殿（대비전）
　　寢殿是君王和王妃日常起居及就寢的空間；大妃殿是君王的母親等王室長輩的生活空間。

提案1

穿韓服
遊景福宮

撰文者｜蘭妮小姐

chai photographer©Shutterstock

鄰近景點

光化門廣場、北村八景韓屋村、三清洞韓屋咖啡
廳、藍瓶咖啡、青瓦臺、西村文藝小巷、通仁市
場元祖奶奶炒年糕及銅錢便當、土俗村參雞湯、
仁寺洞、益善洞。

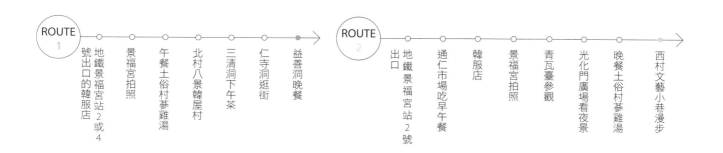

ROUTE 1

地鐵景福宮站 2 或 4 號出口的韓服店 → 景福宮拍照 → 午餐土俗村蔘雞湯 → 北村八景韓屋村 → 三清洞下午茶 → 仁寺洞逛街 → 益善洞晚餐

ROUTE 2

地鐵景福宮站 2 號出口 → 通仁市場吃早午餐 → 韓服店 → 景福宮拍照 → 青瓦臺參觀 → 光化門廣場看夜景 → 晚餐土俗村蔘雞湯 → 西村文藝小巷漫步

為何要穿韓服參觀古宮？

韓國為了傳承傳統文化，鼓勵民眾多穿韓國傳統服飾，韓國文化財廳亦明令，只要穿著韓服，不分平、假日皆可免費進入各大宮殿、宗廟，外國人也適用，原本一張 3000 韓元的成人票，立刻省下來。

首爾市內有景福宮、昌德宮、昌慶宮、德壽宮、慶熙宮等五大宮，如果旅遊時間有限只能選一個，以地利之便和景色考量，最推薦的就是景福宮。景福宮附近聚集數十家韓服出租店，推薦選擇 4 小時方案就很夠拍，想要專業寫真照可加價聘請攝影師。建議行前先透過旅遊平台網頁下單，預定租借日期與時段。

在此取景的韓劇及綜藝

韓劇《大長今》、《李祘》、《同伊》、《馬醫》、《獄中花》、《屍戰朝鮮》等等都曾在景福宮拍攝。BTS 防彈少年團出演美國知名電視節目《The Tonight Show Starring Jimmy Fallon》時，先後在景福宮內的勤政殿和慶會樓前，表演〈IDOL〉和〈Mikrokosmos〉兩首歌。國際時尚品牌 GUCCI 也選在勤政殿舉辦 2024 早春時裝秀。

最佳外拍地點

勤政殿：景福宮正殿，最具代表性的建築，為朝鮮王朝自太祖到宣祖 14 位君主的登基之處，被視為韓國的國家中心，現被登錄為韓國國寶第 223 號。想避開人群可站上殿前平台，請攝影師站在下方往上拍。

慶會樓：接待使臣、舉辦宴會的場所，現被登錄為韓國國寶第 224 號。位於人工池塘之上，夏天可拍到湖面倒影，冬天湖面結冰、屋頂覆蓋一層雪，四季風情皆不同。

香遠亭：座落於景福宮後苑蓮池中央的小島上，呈現六角形，夏天有蓮花，秋天有滿滿楓葉。連接亭子的醉香橋曾出現在韓劇《擁抱太陽的月亮》，也是金秀賢飾演的殿下首次現身的場景。

興禮門內紅柱：整排紅色柱子牆整齊劃一，站在正中央可拍出景深效果。

光化門廣場：韓劇《鬼怪》、《仁顯王后的男人》和《城市獵人》在此取景。廣場上的世宗大王和李舜臣將軍銅像，是首爾地標之一，光化門晚間打燈非常漂亮，建議韓服行程結束後來拍夜景。

蘭妮小姐尋覓

· 事先查好喜歡的韓服顏色和款式，節省挑選時間
· 冬天單穿韓服會冷，可貼暖暖包或另租毛背心禦寒
· 避開景福宮每週二公休日
· 景福宮占地廣大，建議事先規劃拍照點
· 穿韓服到鐘路區特約餐廳可享 9 折優惠

提案 **2**

昌德宮 祕境之旅

Kampon©Shutterstock

鄰近景點

昌慶宮、秘苑手工刀切麵、仁寺洞森吉街、「仁
寺洞那家」韓屋餐廳、益善洞。

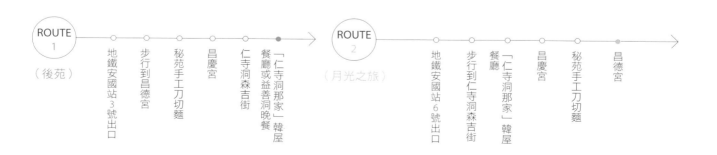

ROUTE 1
（後苑）

地鐵安國站 3 號出口
步行到昌德宮
秘苑手工刀切麵
昌慶宮
仁寺洞森吉街
「仁寺洞那家」韓屋餐廳或益善洞晚餐

ROUTE 2
（月光之旅）

地鐵安國站 6 號出口
步行到仁寺洞森吉街
「仁寺洞那家」韓屋餐廳
昌慶宮
秘苑手工刀切麵
昌德宮

昌德宮後苑一窺祕境之美

昌德宮是朝鮮時代各個宮殿當中，國王居住最久的宮殿，依照自然地形建造，保存完善，其中的後苑（也稱祕苑）是韓國唯一的宮殿後院，也就是皇宮貴族的後花園，1997 年被登錄為世界文化遺產。原本不對外開放，現在單日限制參觀時段與人數，分為中、英、日、韓文導覽場次。造訪後苑的最佳時間點在秋天，楓葉轉紅照映池塘造景，堪稱首爾最佳的賞楓祕境！

昌德宮月光之旅

首爾五大宮當中，除了昌慶宮和德壽宮全年常態夜間開放，景福宮和昌德宮也有期間限定的夜間觀覽。昌德宮的取名為「月光之旅」，是另外付費的特殊活動，遊客必須事先上網預約，一個晚上兩個梯次，一梯次只有 25 個名額，參觀品質良好。100 分鐘的參觀路線從大門直到祕苑，全程有專業導覽員解說歷史，每人發放一只發光的青紗燈籠，伴隨月光漫步氣氛絕佳。行程不僅安排了韓國傳統藝術表演，主辦單位相當貼心，還會於觀賞時送上韓國傳統糕點和熱茶，並於行程結束後發放紀念品，整場體驗很超值。

在此取景的韓國影劇

韓劇《屋塔房王世子》、《屍戰朝鮮》、《大長今》、《衣袖紅鑲邊》、《成為王的男人》、《雲畫的月光》、《王后傘下》、《逆倫王朝》以及電影《雙面君王》等等都曾在昌德宮拍攝。

最佳外拍地點

敦化門：昌德宮正門，曾在大火中燒毀重建，是首爾一帶歷史最悠久的城門，亦為韓劇《屋塔房王世子》，男主角半夜在門口拍門大叫要進去的場景。

仁政殿：昌德宮的正殿，是朝鮮國王登基、處理國事、會見外國使節的地點，設置了許多象徵國王權力的裝飾，具莊嚴感，列為韓國國寶第 225 號，為韓劇《屍戰朝鮮》拍攝地。

芙蓉池：四方形池塘中的圓形小島，象徵天圓地方，曾出現在韓劇《成為王的男人》和《大長今》。

不老門：象徵永恆的青春之門，以一整塊石頭切割而成，相傳穿過不老門就能祈求長生不老。

愛蓮亭：由朝鮮肅宗命名，取蓮花出汙泥而不染的寓意，堪稱拍攝楓景最美之處。

觀纜亭：韓國獨一無二的扇形涼亭，曾出現在韓劇《屍戰朝鮮》、《雲畫的月光》和《成為王的男人》中。

提案 3

水原華城 一日遊

Noomna nakhonphanom©Shutterstock

鄰近景點

華城行宮、鍊武臺、八達門市場、行宮洞壁畫村、豬血腸村、本水原排骨、韓劇《那年，我們的夏天》、《二十五‧二十一》、《驅魔麵館》景點、《非常律師禹英禑》紫菜包飯店拍攝地「kajaguruma(카자구루마)」、水原華城熱氣球。

ROUTE 1（日景）

3913路、13—3、3611路，乘坐巴士 → 地鐵水原站4號出口 → 在華城行宮站下車，步行到水原華城 → 鍊武臺 → 豬血腸村 → 行宮洞壁畫村 → 韓劇景點 → 本水原排骨 → 八達門市場

ROUTE 2（夜景）

3913路、13—3、3611路，乘坐巴士 → 地鐵水原站4號出口 → 在華城行宮站下車 → Flying 飛翔水原熱氣球 → 本水原排骨 → 行宮洞壁畫村 → 韓劇景點 → 豬血腸村 → 八達門市場 → 鍊武臺 → 水原華城

日夜都美的水原華城

韓國史劇《李祘》演的是朝鮮正祖的生平故事，史劇迷想更深入了解正祖，一定要造訪水原華城，因為這裡是正祖為了父親「思悼世子」而興建，裡頭保留許多文化遺址，城門跟城牆保存完善，1997 年與昌德宮一併被列入世界文化遺產名錄，兼具歷史意義與建築價值。

其中的華城行宮，據傳是正祖最常使用的行宮，每年秋季舉辦「水原華城文化節」彰顯正祖的孝心。華城行宮每年夏季至秋季開放夜間參觀，入選韓國觀光公社的「夜間觀光景點 100 選」，最特別的是在行宮內有兩層樓高的超級月亮燈飾，配合夜間亮燈的宮殿，非常壯觀！喜歡歷史和古裝劇的人絕對不能錯過。

在此取景的韓國影劇及綜藝

韓劇《大長今》、《擁抱太陽的月亮》、《屋塔房王世子》、《雲畫的月光》、《樹大根深》、《公主的男人》、《李祘》、《仁粹大妃》、《仁顯王后的男人》、《王與我》、電影《雙面君王》、韓綜《兩天一夜》等等都曾在水原華城拍攝。

最佳外拍地點

長安門：水原華城的北門，君王從首爾到水原時最先通過的城門，向城外突出的構造在韓國很少見。

八達門：水原華城的南門，意思是通向四面八方的道路，也是華城四大門中唯一未與城牆相連，如孤島一樣獨立的城門，外觀神似首爾南大門。

訪花隨柳亭：位於華虹門東側附近懸崖上，平面與屋頂形態獨特，隨著觀看位置呈現不同面貌，被評為華城內最具獨創性的建築。

華西門：半月形甕城建築構造，秋天紫芒花綻放時最適合拍照。

鍊武臺：軍事指揮所在地，可完整眺望水原市區景色，付費可參加國弓體驗。

蘭妮小姐꿀팁

· 水原華城裡有 10 處蓋章點可蒐集
· 水原華城腹地廣大，可搭華城御車省腿力
· 華城行宮新豐樓門口，每週二到週日上午 11 點有武藝 24 技示範表演

提案 4

騎摩托車
暢遊慶州古都

OKB phuaorneer©Shutterstock

鄰近景點

東宮與月池（雁鴨池）、大陵苑、瞻星臺、石窟庵、雞林、佛國寺、月精橋、石冰庫、半月城校村韓屋、良洞村韓屋村、皇理團路韓屋餐廳 / 咖啡廳、皇南住宅韓屋小酒館。

ROUTE 1

慶州火車站，租摩托車 → 佛國寺 → 石窟庵 → 大陵苑 → 皇理團路韓屋咖啡廳 → 雞林 → 校村韓屋 → 月精橋 → 石冰庫 → 半月城 → 東宮與月池（雁鴨池）→ 瞻星臺 → 皇理團路韓屋餐廳

ROUTE 2

慶州火車站，租摩托車 → 良洞村韓屋村 → 大陵苑 → 瞻星臺 → 雞林 → 皇理團路韓屋咖啡廳 → 校村韓屋 → 月精橋 → 石冰庫 → 半月城 → 東宮與月池（雁鴨池）→ 皇南住宅韓屋小酒館

慶州古都遺跡怎踩點？

慶州是古代新羅王國的首都，也是擁有最多韓國古蹟的城市，號稱「沒有圍牆的博物館」。慶州歷史遺址區在 2000 年被登錄為世界文化遺產，除了韓國古裝劇取景多，這幾年許多韓國綜藝節目也到當地拍攝，成為追星人氣景點。最具代表性的遺跡，包括新羅王朝的宮殿遺址「東宮與月池」，以及亞洲現存最古老的天文台「瞻星臺」等等。慶州歷史遺址佔地廣大，很難一天踩點完，多虧台韓在 2022 年簽署了「臺韓國際駕照相互承認瞭解備忘錄」，現在台灣人到慶州觀光，可以租摩托車穿梭古蹟，省時省力！

在此取景的韓國影劇及綜藝

韓劇《善德女王》、《宮》、《陽光先生》、《同伊》、《The King：永遠的君主》，韓綜《兩天一夜》和《Running Man》等等都曾在慶州拍攝。此外，2018 年孔劉為韓國品牌 Epigram(에피그램) 拍攝宣傳照時在慶州取景，不少古今場景都值得孔太太們順便踩點。

最佳外拍地點

東宮與月池：韓劇《宮》的前院拍攝地，推薦安排在夜景，宮殿打燈在水中映照倒影超有氣氛。

月精橋：韓劇《The King：永遠的君主》拍攝地之一，迴廊式樓橋，是韓國最大的木造橋樑。曾遭戰火燒毀復原重建，古色古香、壯觀氣派，建議安排夜間行程。

瞻星臺：韓國國寶第 31 號，曾出現在韓劇《善德女王》，由花崗岩打造現今少見的石造古蹟，由 365 塊石塊分 27 層堆砌而成，用於觀測雲氣與星座，年代久遠、極具歷史文化價值，日景和夜景各有風情。

大陵苑：園區裡共有 23 座巨大的新羅王朝國王陵墓和貴族陵墓，雖然聚集大量古墳，但看起來卻像是好幾座小型巧克力山，白天來不會感覺陰森，孔劉也在這裡拍攝過服飾型錄，建議秋天來賞楓、租韓服拍照。

蘭妮小姐꿀팁

- 摩托車租 24 小時最划算，若景點較遠，建議租 125CC 較省力
- 摩托車行通常晚上 9 點前關門，租車要考量歸還時間
- 慶州沒有機車停車格，停在景點空地即可
- 可使用 Naver 或其他韓國地圖 App 導航
- 若有計畫騎車或開車，需先在台灣換好國際駕照（短期簽證旅客）

提案 5

全州韓屋與
美食慢遊

rawkkim©Unsplash

鄰近景點

全州韓屋村、全州鄉校、殿洞天主教堂、滋滿壁
畫村、梧木臺、寒碧堂、韓國家全州拌飯、全州
Kakao Friends Store、豐南門、艾露花烤牛肉餅、
豐年製菓巧克力派。

ROUTE

全州火車站 — 轉乘全州公車 513 號 — 八達路藝術會館站下車 — 步行至韓國家全州拌飯 — 全州 Kakao Friends Store — 殿洞天主教堂 — 豐南門 — 全州韓屋村租韓服 — 慶基殿 — 梧木臺 — 滋滿壁畫村 — 寒碧堂 — 全州鄉校 — 艾露花烤牛肉餅 — 豐年製菓巧克力派

感受全州傳統與美食魅力

全羅北道的全州是朝鮮開國之君——太祖李成桂的故鄉，命為「豐沛之鄉」，擁有韓屋、韓紙、韓酒等多樣傳統文化，是韓國最知名的傳統城市，也是被國際慢城組織指定的慢城之一。說到全州，第一個想到的就是全州韓屋村和全州拌飯，而全州韓屋村是韓國現存最大規模的韓屋集合地，相較於首爾，在這裡租韓服四處觀光更無違和感！其中最為代表性的景點，是列為韓國史蹟第 339 號的慶基殿，最初是為了供奉太祖遺像，於 1410 年興建，是多部史劇和古裝電影的外景拍攝地。來全州感受朝鮮時代的風景，再到全州拌飯創始店吃一碗正宗美味的拌飯，滿足身心和口腹之慾。

在此取景的韓國影劇及綜藝

韓劇《宮》、《明成皇后》、《雲畫的月光》、《王后傘下》、《龍之淚》和電影《逆鱗：刺王危城》、《雙面君王》、《屍落之城》、《登陸之日》等等都曾在慶基殿和全州韓屋村拍攝，《成均館緋聞》大部分場景則在全州鄉校拍攝。tvN 韓綜《首爾鄉巴佬》的第 9 集和第 10 集，主持人李昇基和車太鉉也和嘉賓前往全州體驗傳統文化。

最佳外拍地點

慶基殿全州史庫：高腳韓屋建築，過去是保管《朝鮮王朝實錄》的書庫。韓劇《雲畫的月光》中，朴寶劍與金裕貞兩人曾在史庫樓梯下偷偷接吻。附近的竹林則是出現在玄彬主演的電影《逆鱗：刺王危城》場景。

梧木臺：1380 年，朝鮮太祖李成桂擊退日軍，回程途中，在此舉行慶功宴，這裡還保存了高宗皇帝親筆題書的「太祖高皇帝駐畢遺址」石碑。梧木臺周邊制高點可遠眺全州韓屋村的全貌。

滋滿壁畫村：具有各種畫風的壁畫，最特別的一區有宮崎駿動畫的龍貓、霍爾、千尋跟無臉男，都是熱門排隊拍照點。

全州鄉校：朝鮮時代全州地區的鄉校，被指定為第 379 號史蹟。《雲畫的月光》曾在裡頭的大成殿取景。側門則是《成均館緋聞》當中，李先俊（朴有天飾）排隊入學的地方。

全州殿洞聖堂：韓國三大天主教聖堂之一，列為韓國史蹟第 288 號。利用灰色與紅色磚頭建造，混合拜占庭及羅馬樣式，外觀與首爾明洞聖堂類似，就算不是天主教徒也適合來拍照朝聖。

寒碧堂：被指定為全羅北道第 15 號有形文化財，依山而建，四周景色秀麗，其中被稱為寒碧晴煙（指自寒碧堂俯瞰到的雲霧十分美麗）的景色，更被評為全州八景之一。

蘭妮小姐꿀팁

· 慶基殿中文導覽在每週末 11:00、14:00，不需預約
· 全州韓屋村部分有人居住，若屋主把門打開，表示歡迎入內參觀
· 體驗韓屋民宿，認明「hanokstay」牌子，代表韓國官方認證的優良民宿

提案6

一日大長今！
深入韓劇御用拍攝地

NARATIP BOONBANYEN©Shutterstock

鄰近景點

韓國民俗村、愛寶樂園、Wenn 年糕村（웬떡마을）、法輪寺、臥牛精舍、寶亭洞咖啡街。

ROUTE 1

地鐵 3 號線，前往南部巴士站 → 搭乘國道客運前往白岩 → 轉乘計程車前往大長今主題樂園 → Wenn 年糕村 → 法輪寺 → 臥牛精舍 → 韓國民俗村 → 寶亭洞咖啡街

ROUTE 2

地鐵 3 號線，前往南部巴士站 → 搭乘國道客運前往白岩 → 轉乘計程車前往大長今主題樂園 → 愛寶樂園 → 韓國民俗村 → 寶亭洞咖啡街

大長今帶你重返朝鮮時代

李英愛主演的《大長今》是韓國 MBC 電視台創立 40 週年的特別企劃，2003 年 9 月播出，版權出口 100 多國，堪稱韓國史上在全球最受歡迎的電視劇。原本的拍攝地在京畿道楊州市，後來將布景搬遷到現在的大長今主題樂園，也稱為大長今影視城。

這裡是韓國最大的歷史劇攝影場地，園內設施都有歷史考究，不論是富麗堂皇的宮殿，還是拷問犯人的刑場都非常逼真，喜歡歷史古裝劇的劇迷，除了可以親自踏入場景，穿上劇中同款韓服體驗一日大長今，還有機會直擊正在拍攝的史劇喔！逛完大長今主題樂園，可驅車前往同樣位於龍仁的韓國民俗村，這裡也是多部古裝劇拍攝地，不同的是有更多讓遊客體驗古代朝鮮生活的設施，還會舉辦各種傳統民俗表演和不同主題的季節慶典，讓遊客彷彿穿越時光隧道回到朝鮮時代。

在此取景的韓劇及 MV

韓劇《大長今》、《擁抱太陽的月亮》、《九家之書》、《龜岩許浚》、《擁抱太陽的月亮》、《朱蒙》、《善德女王》、《李祘》、《同伊》、《仁醫》等都曾在大長今主題樂園拍攝。BTS 防彈少年團成員 SUGA 發行的單曲「대취타（大吹打）」，MV 中的古代場景拍攝地也在此。

最佳外拍地點

大長今紀念攝影棚：重現《大長今》的拍攝場地，還有主要演員的手模展示。

仁政殿：首爾昌德宮仁政殿的復刻版，《朱蒙》的婚禮、《同伊》的入宮儀式、《善德女王》的登基儀式和宴會、《李祘》的登基儀式都在這裡拍攝。《擁抱太陽的月亮》中，丁一宇飾演的陽明君被長矛擊中而死的場面也在這裡。

中宮殿：主要是中殿、先王后妃和公主的住所。為《擁抱太陽的月亮》中，煙雨為了成為王太子妃而接受教育的「隱月閣」、《馬醫》中淑徽公主的居所，以及《同伊》中張禧嬪服藥自盡的場景。

列仙閣：為拍攝《善德女王》而修建的拍攝場地，也是《同伊》中，同伊成人後第一次登場、《武神》中，月兒自盡、《奇皇后》中，承娘和妥懽甜蜜約會的場景。夏天池塘開滿荷花、景色怡人，深受遊客喜愛。

撰文者簡介 ｜ 蘭妮小姐

本名林芳穎，因喜歡 Super Junior 開始學韓文，曾旅居韓國擔任新創公司行銷經理，現職資深國際新聞記者、Podcast 節目《韓國話匣子》主持人。
FB：Hello Laney 蘭妮小姐

蘭妮小姐꿀팁

· 大長今主題樂園附近餐廳有限，建議自備飲食
· 大長今主題樂園交通繁瑣，若不諳韓文，建議上網預約包車行程
· 同在龍仁區的鄰近景點交通不便，建議開車或叫車移動

Palace 01

경복궁

景福宮

　서울 여행을 한다면 꼭 한번 들리는 곳이 바로 경복궁이지요 . 1395 년 창건된 경복궁은 조선에서 가장 먼저 지어진 궁으로 1592 년 임진왜란으로 소실되기 전까지 조선을 대표하는 법궁으로 쓰였어요 . 뒤와 좌우로 산으로 둘러싸여 자연과 조화를 이루는 경복궁은 광화문 (光化門), 흥례문 (興禮門), 근정문 (勤政門) 과 근정전 (勤政殿) 을 중심으로 내조 , 외조 , 연조 등으로 이루어졌어요 . 처음에 390 여 칸의 주요 건물들만 있던 경복궁은 점차 조선 최고 궁궐로서 모습을 갖췄는데요 . 태종 때 연회 등을 위한 경회루 (慶會樓) 가 , 세종 때에는 조선의 싱크탱크인 집현전 (集賢殿) 이 세워졌답니다 .

　사실 경복궁은 궁이 완공될 때까지 이름이 없었는데요 . 어느 날 경복궁 완공을 축하하는 잔치가 벌어졌는데 이 자리에서 태조는 건국 1 등 공신 정도전에게 궁궐의 이름을 지어 조선을 빛나게 해달라고 했습니다 . 그러자 정도전은 시를 읊고 시의 마지막 구절의 한자 두 글자를 따 '경복' 이라는 이름을 지어 올렸다고 해요 . '경복'은 시경에 나오는 말로 왕과 자손은 물론 온 백성이 큰 복을 누리기를 기원한다는 뜻이랍니다 .

　임진왜란 때 경복궁은 소실되기도 했는데요 . 1868 년 흥선대원군에 의해 중건됐어요 . 그뒤 일제강점기 시대인 1926 년 조선총독부가 이 자리에 들어서게 되면서 많은 건물이 사라졌어요 . 조선총독부 건물은 1945 년 해방 후에도 그대로 남아 있었어요 . 이 건물은 대한민국 국회의사당 , 중앙청 , 국립중앙박물관으로 사용되었다가 1995 년에 와서야 건물이 철거되고 현재의 모습을 갖추게 됐습니다 .

單字

짓다：建造、修築

소실（燒失）되다：焚毀、燒毀

둘러싸다：環繞、包圍

연회（宴會）：宴會

싱크탱크（think tank）：智庫、智囊團

공신（功臣）：功臣

읊다：吟詠；作詩

따다：選取、摘錄、摘下

해방（解放）：解放

철거（撤去）되다：被拆除、被拆遷

到首爾旅行一定要走訪的景點，就屬景福宮了吧。建造於 1395 年的景福宮，是朝鮮最早修築的宮，因此在 1592 年因壬辰倭亂而遭到焚毀前，它一直是代表朝鮮的法宮。後方與左右兩側被山環繞，與自然調和的景福宮，以光化門、興禮門、勤政門與勤政殿為中心，構成了內朝、外朝、燕朝等。一開始僅有 390 多棟主建築的景福宮，漸漸有了朝鮮第一宮闕的樣子。據說太宗時期修築了作為宴會等用途的慶會樓，而世宗時期建了朝鮮的智庫集賢殿。

其實，景福宮直到宮殿完工時都沒有名字。某天舉行慶祝景福宮完工的宴會時，太祖要求建國頭號功臣鄭道傳為宮闕取名，照耀朝鮮。後來，據說鄭道傳吟詩，並取了詩最後一句的兩個漢字「景福」為名。「景福」出自《詩經》，意指不只王和兒孫，祝福所有百姓皆可享有厚福。

壬辰倭亂時，景福宮曾經遭到焚毀，在 1868 年因興宣大院君而重建。後來，隨著朝鮮總督府於日據時期的 1926 年進駐此地，許多建築物紛紛消失。朝鮮總督府的建築物在 1945 年解放後仍保留原樣，此建築物曾被用作大韓民國的國會議事堂、中央廳與國立中央博物館，直到 1995 年，建築物才遭到拆除，形成現在的樣貌。

Story

朝鮮的國母，
於景福宮遭到殺害

경복궁은 2022 년 구글 지도 검색이 가장 많이 된 문화유적지 10 위에 오를 만큼 세계적으로 인기가 높지요 . 하지만 이곳은 조선의 슬픈 아픔이 있는데요 . 바로 이곳에서 조선의 국모 명성황후 민씨가 일본군에 의해 시해됐기 때문이에요 . 명성황후는 조선의 26 대 왕이자 대한제국의 초대 황제인 고종의 왕비랍니다 .

일본군은 1895 년 10 월 8 일 새벽 경복궁 광화문으로 들어와 북쪽에 위치한 건청궁 (乾淸宮) 으로 잠입해 명성황후가 거처하던 곤녕합 (坤寧閤) 에 들어가 이러한 만행을 저질렀어요 . 당시 조선은 일본의 영향을 받고 있었지만 명성황후는 청나라를 이용해 일본을 견제하고자 했어요 .

사료에 따르면 , 당시 밖에서 궁녀와 내관들이 피습 당하고 있을 때 명성황후는 궁녀복으로 갈아입고 곤녕합 인근 옥호루 (玉壺樓) 로 은신했어요 . 명성황후는 방 한 구석에 기대어 몸을 숨겼지만 일본인 눈에 띄어 검에 베여 죽었어요 . 일본군은 명성황후의 시체에 석유를 부어 태워버렸습니다 . 당시 명성황후는 43 세였어요 .

單字

문화유적지（文化遺跡地）：文化遺產

시해（弑害）되다：被殺害

거처（居處）하다：居住

만행（蠻行）：暴行、野蠻行為

견제（牽制）하다：牽制、抑制

피습（被襲）：遇襲

은신（隱身）하다：藏身

기대다：倚靠、斜靠

베이다：被砍、被割

붓다：澆、倒入

　　景福宮舉世聞名，是在 2022 年登上 Google 地圖搜尋量前 10 名的文化遺產。不過，這裡有著朝鮮的傷痛，因為朝鮮國母明成皇后閔氏，就是在這裡遭到日本軍殺害的。明成皇后是朝鮮的第 26 代王，也就是大韓帝國首任皇帝高宗的王妃。

　　日本軍在 1895 年 10 月 8 日凌晨進入景福宮光化門，潛入位於北邊的乾清宮後，進到明成皇后居住的坤寧閣，犯下此暴行。雖然當時的朝鮮受到日本影響，但是明成皇后有意利用清朝牽制日本。

　　根據史料記載，當時外頭的宮女與內官們遇襲時，明成皇后換上宮女服，躲進了坤寧閣附近的玉壺樓。雖然明成皇后躲在房間角落，將身體藏起來，仍被日本人發現而死於劍下。日本軍將明成皇后的屍體淋上石油並燒毀。當時，明成皇后 43 歲。

Story

景福宮最常見的龍，
在印於鈔票上 **45** 年的
慶會樓中亦可見

경복궁에는 많은 동물상이 있는데 , 가장 많이 보이는 것이 용인데요 . 왕의 권위를 상징하는 상서로운 동물로 여겨지는 용은 광화문 입구부터 정의와 법을 상징하는 해치와 함께 찾아볼 수 있습니다 . 특히 근정전 (勤政殿) 내부 천장에 있는 여의주 (如意珠) 를 가진 두 마리의 황룡과 7 개의 발톱은 왕의 권위를 실감할 수 있어요 .

경회루는 한국에서 현존하는 단일 목조 건물 중에서 가장 커서 경복궁의 백미라 할 수 있지요 . 이곳은 1395 년 창건 당시 단출한 누각에 불과했지만 태종 12 년 (1412) 에 연못과 누각을 확장하면서 경회루로 명명됐습니다 . 현재 모습은 1867 년 흥선대원군이 경복궁을 중건하면서 만들어진 것이고요 . 명소가 등장하는 한국 화폐에 경회루는 45 년이라는 가장 오랜 기간 동안 등장했습니다 . 1962 년 100 원 , 1979 년 , 1983 년 1 만원 지폐에 새겨지면서 한국인의 지갑 속에 함께 했습니다 .

1997 년 가을 경회루에서 기막힌 물건 하나가 발견됐습니다 . 당시 연못 바닥 정화 작업을 벌이던 중 경회루 연못 북쪽 하향정 (荷香亭) 에서 청동으로 만든 용이 나온 것인데요 . 그 길이는 무려 146 센티미터에 무게는 70 킬로그램이 넘었습니다 . 2001 년 6 월 근정전을 보수하던 중에도 용 부적이 발견됐는데요 . 이러한 것들은 경복궁에 화재의 위험을 막고 비를 부르고자 한 것이었지요 .

單字

상서（祥瑞）롭다：祥瑞、吉祥
천장（天障）：天花板
실감（實感）하다：實際感受、親身感受
백미（白眉）：翹楚
단출하다：簡單、簡便的
누각（樓閣）：閣樓
명명（命名）되다：被命名、被稱為
새겨지다：印入、刻入
벌이다：展開、進行；攤開
부적（符籍）：符咒

景福宮有許多動物雕刻，最常見的就是龍。從光化門入口，就能找到象徵著王的權威、被視為祥瑞動物的龍，以及象徵正義與法律的獬豸。尤其在勤政殿內部的天花板，能從持有如意珠的兩條黃龍與 7 隻龍爪，實際感受到王的權威。

在韓國現存的單一木造建築中，慶會樓的規模最大，可謂景福宮的翹楚。這裡在 1395 年建造時，僅是簡單的閣樓，在太宗 12 年（1412 年）擴建池塘與閣樓後，才被命名為慶會樓。現在的樣子則是 1867 年興宣大院君重建景福宮時打造的。出現在韓國紙鈔上的名勝中，慶會樓持續的時間最久，長達 45 年。1962 年被印在 100 韓元上；1979 年、1983 年被印在 1 萬韓元鈔票上，伴隨於韓國人的錢包中。

1997 年秋天，在慶會樓發現了一個驚人的東西。當時在進行池塘底部的淨化作業途中，從慶會樓池塘北邊的荷香亭，挖出了青銅製的龍。長達 146 公分，重量超過 70 公斤。2001 年 6 月修復勤政殿時，也發現了龍符咒。這些都是為了喚來雨水，防止景福宮遭受祝融之災吧。

Palace 02

창덕궁

昌德宮

창덕궁은 가장 한국적인 궁궐로 손꼽힙니다. 풍수지리 사상에 따라 주변 지형과 조화를 이루도록 자연스럽게 건축했기 때문인데요. 창덕궁은 언덕 지형을 활용해 궁궐 건물을 경내 남쪽에 배치하고, 북쪽 넓은 구릉에는 비원이라는 후원을 조성했어요. 나중에 경희궁과 경운궁 (덕수궁) 건축에도 영향을 줬고요. 창덕궁은 창경궁과 함께 동궐 (東闕) 로 불렸답니다.

창덕궁은 조선 3 대왕 태종이 수도를 개성에서 한양으로 옮기면서 경복궁 동쪽에 지은 이궁이에요. 창덕은 덕을 바탕으로 번영하라는 의미인데요. 태종 5 년 (1405) 창건 당시 정전인 인정전 (仁政殿), 편전인 선정전 (宣政殿), 침전인 희정당 (熙政堂), 대조전 (大造殿) 등 주요 전각만 완성됐습니다. 1412 년 정문 돈화문이 건립됐고, 세조 9 년 (1463) 에는 궁의 규모를 기존의 2 배 이상 확장했습니다. 창덕궁은 1610 년 광해군 때부터 1868 년 경복궁이 중건될 때까지 258 년 동안 법궁으로 쓰였어요.

1592 년 임진왜란 초기 선조가 궁을 버리고 한양을 떠나는 바람에 창덕궁은 불타버렸어요. 1607 년에 창덕궁 중건을 시작해 광해군 5 년 (1613) 에 재건됐지만 10 년 뒤 인조반정 (仁祖反正) 으로 인해 인정전을 제외한 대부분이 소실됐습니다. 인조 25 년 (1647) 에 복구된 창덕궁은 수차례 화재를 겪었답니다.

單字

손꼽히다：數一數二、首屈一指
언덕：丘陵
구릉（丘陵）：山丘、丘陵
번영（繁榮）하다：繁榮、昌盛
전각（殿閣）：殿閣、王宮
확장（擴張）하다：擴大、擴充
중건（重建）되다：重建、修建
복구（復舊）되다：修復、復原
수차례（數次例）：多次、數次
화재（火災）：火災

　　昌德宮被評為最具韓國特色的宮闕。因為它具風水地理意識，在建築時順應自然，與周邊地形融為一體。昌德宮利用丘陵地形，將宮殿建築安排在宮闕內南側，並在北側廣闊的山丘上修建了名為秘苑的後花園。日後也影響了慶熙宮和慶運宮（德壽宮）的建築。昌德宮與昌慶宮並稱為東闕。

　　昌德宮是朝鮮第三代君王太宗從開城遷都至漢陽時，在景福宮東側建造的離宮。昌德意味著以德為本，昌盛繁榮之意。太宗五年（1405年）初建時，僅完成了正殿仁政殿、偏殿宣政殿、寢殿熙政堂、大造殿等主要殿閣。1412年，正門敦化門落成；世祖九年（1463年），宮殿規模擴大為原本的兩倍以上。自1610年光海君統治時期，到1868年景福宮重建完成，昌德宮被作為法宮使用了258年。

　　1592年壬辰倭亂初期，宣祖棄宮離開漢陽，昌德宮被焚毀。1607年開始重建昌德宮，並於光海君五年（1613年）重建完成；然而，十年後因仁祖反正，除仁政殿外的大部分宮殿都被燒毀。於仁祖二十五年（1647年）修復的昌德宮，在之後又經歷了多次火災。

Story

避開景福宮的太宗：
「我要去新的宮殿」

창덕궁의 탄생에는 경복궁에서 최초로 일어난 왕자들의 세력 다툼이 한몫했어요 . 조선 1 대 왕 태
조 이성계의 다섯째 아들 이방원은 1398 년 왕위 계승권을 두고 반란을 일으켜 반대파를 제거했는데
요 . 이어 이방원이 아닌 둘째형 이방과 (정종) 가 조선의 2 대왕으로 오르면서 1399 년 수도를 한양
에서 개성으로 옮겼어요 .

이듬해 정종은 집정 2 년여 만에 동생 이방원 (태종) 에게 왕위를 승계했습니다 . 1400 년 왕위에
오른 태종은 한양으로 재천도를 결정했는데요 . 이를 위한 사전 작업으로 이궁 건립을 명해 1405 년
에 조선 최초의 이궁 창덕궁을 세웠습니다 .

태종이 경복궁이 있는데도 굳이 창덕궁을 지은 것은 경복궁에서 머물기 싫다는 의미였어요 . 태종
은 개성에서 한양에 도착하자마자 바로 창덕궁으로 향할 정도였지요 . 그는 1418 년 자신의 아들 세
종에게 왕위를 물려줄 때까지 주로 창덕궁에서 살며 경복궁을 기피했습니다 . 하지만 국가 중요 행사
만큼은 주로 경복궁의 근정전이나 경회루 등에서 열었답니다 .

기피（忌避）하다：避開、迴避、忌諱

다툼：鬥爭、爭吵

한몫하다：出一份力、做出貢獻

반란（叛亂）：叛亂、造反

일으키다：引起、掀起

제거（除去）하다：剷除、除掉

이듬해：次年、第二年

승계（承繼）하다：傳給、繼承

천도（遷都）：遷都

명（命）하다：命令、下令

　　昌德宮的誕生與發生在景福宮的第一次王子權力鬥爭有關。朝鮮第一代君王太祖李成桂的第五子李芳遠，於 1398 年為爭奪王位繼承權而發動叛亂，剷除了反對派。後來不是李芳遠，而是他的二哥李芳果（定宗）登基成為朝鮮第二代君王，並於 1399 年將首都自漢陽遷至開城。

　　次年，定宗僅執政兩年多，便將王位傳給弟弟李芳遠（太宗）。1400 年，登上王位的太宗決定再次遷都回漢陽。為此，他下令事先修建離宮，於 1405 年建立了朝鮮第一座離宮昌德宮。

　　儘管已經有了景福宮，太宗仍執意興建昌德宮，這表示他不想在景福宮停留，甚至一從開城抵達漢陽，便立刻前往昌德宮。直到 1418 年將王位傳給自己的兒子世宗之前，他大多生活在昌德宮，避開景福宮。不過，國家的重要活動主要仍在景福宮的勤政殿或慶會樓等地舉行。

百姓們！
向申聞鼓吐露冤屈吧

　　3문 구조의 창덕궁에는 두 번째 문인 진선문 (進善門) 이 있는데요 . 진선은 왕에게 바른말을 한다는 뜻이에요 . 영조 때 이곳에는 커다란 북인 신문고가 설치되어 있었어요 . 신문고는 억울한 일을 당한 백성이 직접 왕에게 호소하기 위해 두드렸던 북입니다 . 이는 태종 1 년 (1401) 신문고 제도를 논의하면서 실시됐는데요 . 당시 태종은 "원통하고 억울한 일을 당한 자는 나와서 신문고를 치라"고 명하였답니다 .

　　신문고는 궁궐 내부에 설치됐기 때문에 백성들이 함부로 접근할 수 없었어요 . 억울한 일을 당했다고 바로 가서 신문고를 칠 수 있는 것은 아니었거든요 . 자신이 사는 관공서 및 상급 부서들의 승인을 받아야 신문고를 칠 수 있었어요 . 신문고의 남용을 막고자 이런 복잡한 절차를 마련했다고 하네요 .

　　하지만 모든 절차를 무시한 채 신문고를 바로 칠 수 있는 예외의 경우도 있었는데요 . 왕권에 도전한다는 등의 신고를 할 경우가 그것이었어요 . 이는 내부고발자 등을 통해 왕권을 강화하려는 목적이기도 한데요 . 신문고 제도는 절차와 규정을 두고 백성을 위해 운영되었지만 사적인 목적으로도 이용되면서 폐지와 부활이 반복됐습니다 . 현재 한국은 국민의 민원 , 제안 등을 처리하는 소통 창구로 '국민신문고' 사이트를 운영하고 있습니다 . 이 이름은 창덕궁의 신문고에서 유래된 것이지요 .

單字

바른말：良言、正確的話

커다랗다：巨大的

호소（呼訴）하다：申訴

두드리다：敲打、打擊

원통（冤痛）하다：冤屈、冤枉

관공서（官公署）：官府、政府機關

승인（承認）：批准、許可

남용（濫用）：濫用

막다：防止、阻擋

민원（民願）：國民陳情

　　三門結構的昌德宮，第二道門是進善門。進善是向君王進諫良言的意思。英祖時期，此處設置了一面巨大的鼓——申聞鼓，申聞鼓是蒙冤的百姓為了直接向君王申訴而敲打的鼓。這是於太宗一年（1401 年）討論申聞鼓制度時開始實行的。當時太宗下令：「遭受冤屈及不公之事的人，出來敲擊申聞鼓吧。」

　　由於申聞鼓設置在宮闕內，所以百姓不得隨意接近。並不是蒙受冤屈就能立刻去敲響申聞鼓，必須先得到本人居住地的官府及上級部門的批准，才能敲擊申聞鼓。據說是為了防止濫用申聞鼓，才會安排如此複雜的程序。

　　然而，也有可以無視一切程序，直接敲響申聞鼓的例外情形，比如舉發挑戰王權的行為等就屬於這種情形，其目的是為了透過內部告發者等來強化王權。雖然申聞鼓制度設有程序及規定，且是為了百姓而運作，但也會被用於私人目的，因此屢次遭到廢止又恢復。目前，韓國政府經營著「國民申聞鼓」網站，作為處理國民陳情和建議等的溝通窗口，這個名稱便源自於昌德宮的申聞鼓。

Palace 03

창경궁

昌慶宮

성종 14 년 (1483) 에 세워진 창경궁은 세종의 아버지 태종을 모시기 위해 지은 수강궁 (壽康宮) 이 시초예요 . 1418 년 세종이 즉위한 뒤 태종의 거처가 필요했거든요 . 성종은 창덕궁의 주거 공간이 모자르자 수강궁에 건물을 더 지어 왕과 사별한 왕비들의 거처로 사용했어요 . 성종은 이곳을 창경궁 이라 칭하고 성종의 할머니 , 생모 , 양모이자 숙모 등 세 명의 과부를 이곳에 모셨습니다 .

그리하여 창경궁은 서쪽으로 창덕궁과 연결되어 동궐이라는 궁역을 형성했고 , 남쪽으로 종묘와 통했어요 . 창경궁은 독립적 궁궐로 쓰이면서 전염병이나 전란 등에 대비한 피궁의 역할도 겸했답니다 . 창경궁은 선조 25 년 (1592) 임진왜란으로 모든 전각이 소실된 뒤 광해군 8 년 (1616) 에 재건됐지만 인조 2 년 (1624) 과 순조 30 년 (1830) 에 내전이 소실됐습니다 .

소실되지 않은 명정전 (明政殿), 명정문 (明政門), 홍화문 (弘化門) 은 17 세기 조선시대 건축 양식을 대표하는데요 . 특히 정전인 명정전은 조선의 법전 중에서 가장 오래된 건물로 꼽힙니다 . 일제 식민지 시대 직전 창경궁에는 동식물원이 들어서면서 '창경원' 으로 불렸어요 . 궁궐이 공원이 된 것이지요 . 다시 창경궁으로 돌아온 것은 1986 년입니다 .

시초（始初）：最初

사별（死別）하다：訣別、永別

칭（稱）하다：稱為、叫做

과부（寡婦）：遺孀、寡婦

궁역（宮域）：宮殿區域

전란（戰亂）：戰亂

겸（兼）하다：兼具、兼備

건축양식（建築樣式）：建築風格

직전（直前）：之前、前夕

들어서다：進入、踏入；坐落、建造

　　昌慶宮建於成宗十四年（1483年），最初是為奉養世宗之父太宗而建造的壽康宮，這是因為在1418年世宗即位後，太宗需要一個住處。成宗發現昌德宮的居住空間不足，便在壽康宮修建更多建築以作為君王辭世後眾王妃的住所。成宗將此處命名為昌慶宮，並在此處奉養自己的祖母、生母、養母兼嫡母等三位先王遺孀。

　　因此，昌慶宮西邊與昌德宮相連，形成名為東闕的宮域，南邊與宗廟相通。昌慶宮在作為獨立宮闕使用的同時，也兼具應對傳染病或戰亂等避難用途。昌慶宮在宣祖二十五年（1592年）的壬辰倭亂中，所有殿閣皆被焚毀，雖然後來在光海君八年（1616年）重建，但又於仁祖二年（1624年）和純祖三十年（1830年）的內戰時被燒毀。

　　沒有被燒毀的明政殿、明政門和弘化門代表著十七世紀朝鮮時代的建築風格。尤其是正殿明政殿，被評為朝鮮法殿中最古老的建築。昌慶宮在日據時期之前建造了動植物園，並被稱為「昌慶苑」，由宮闕變成了公園，直到1986年才重新改回昌慶宮。

韓國第一座動植物園
為什麼偏偏在昌慶宮？

　한국 최초의 동식물원은 창경궁에서 시작됐어요 . 1909 년 11 월 1 일자 '순종실록'에는 "창경궁 내에 동물원과 식물원을 설치하고 개원식을 거행한 뒤 일반 사람들에게 관람을 허락했다" 는 기록이 있는데요 . 그뒤 창경궁은 창경원으로 개명됐어요 .

　순종은 즉위 직후 거처를 덕수궁에서 창덕궁으로 옮겼습니다 . 그러자 일제는 창덕궁 인근 창경궁을 공원으로 만들고 동식물원을 조성했습니다 . 이 과정에서 궁궐 내에 있던 건축물 60 여 채가 헐리는가 하면 여기서 나온 물건들은 모두 경매로 팔려나갔습니다 .

　이를 본 순종은 반대의 목소리를 내기도 했지만 그의 말을 듣는 사람은 아무도 없었어요 . 정부 요직에 있는 관리들이 모두 친일 인사였거든요 . 일본은 고종을 강제 퇴위시키고 순종을 왕으로 앉힌 뒤 순종과 강제로 '한일신협약' 을 체결해 조선 국정부터 인사 임명까지 두루 내정에 개입했어요 .

　이러한 상황에서 일제는 순종을 위로해준다는 명분으로 창경궁에 동물원과 식물원을 만들었습니다 . 이는 "나랏일은 모두 일제에 맡기고 동식물이나 돌보라" 는 것과 다름없었지요 .

개원식（開院式）：開幕式
거행（舉行）하다：舉行；執行
개명（改名）하다：改名
직후（直後）：之後
인근（鄰近）：鄰近地區、附近
채：棟、幢
헐리다：被推倒；動用
경매（競賣）：拍賣
요직（要職）：重要的職位
체결（締結）하다：簽訂、簽署
두루：廣泛地、一一地

　　韓國最早的動植物園始於昌慶宮。在 1909 年 11 月 1 日的《純宗實錄》中記載：「於昌慶宮內設置動物園及植物園，並於舉行開園儀式後允許一般民眾參觀。」之後，昌慶宮便改名為昌慶苑。

　　純宗即位後，將住處從德壽宮遷至昌德宮。隨後，日本帝國將毗鄰昌德宮的昌慶宮改建成公園，並建造了動植物園。在此過程中，宮闕內的 60 多棟建築被拆除，從中取得的物品全數遭到拍賣。

　　純宗見狀也曾提出反對意見，但沒有任何人聽他的話，因為擔任政府要職的官員全都是親日人士。日本在強行讓高宗退位，立純宗為王後，逼迫純宗簽訂《韓日新協約》，從朝鮮國政到人事任命，全面介入朝鮮內政。

　　在這樣的情況下，日本帝國以撫慰純宗的名義，在昌慶宮建造了動物園與植物園。這無異於在說「國事就全權交給日本帝國處理，你還是去照顧動植物吧。」

Story

朝鮮宮闕中唯一
存放君王胎盤之處

창경궁 장서각 자리에서 춘당지 (春塘池) 방향으로 가는 길목에는 성종의 태실이 있어요 . 태실은 성종의 태와 태반을 항아리에 담아 봉안한 것인데요 . 왕의 태실이 있는 조선 궁궐은 창경궁이 유일합니다 .

성종의 태실은 원래 경기도 광주에 있었는데요 . 1929 년 조선 왕조의 재산을 관리하던 일본 정부기관인 이왕직 때문에 태실이 창경궁에 옮겨진 것입니다 .

이왕직은 여기저기 흩어진 왕들의 태실들을 관리하기 어렵다는 구실로 태실을 서울로 모았다가 경기도 고양시의 서삼릉 (西三陵) 으로 옮겼어요 . 이 과정에서 이왕직은 가장 고급스럽고 상태가 좋은 성종의 태실을 골라 태실비와 함께 창경궁 내 이왕가박물관 (李王家博物館) 쪽으로 옮겼습니다 . 이왕가는 이씨 왕족을 일개 가문으로 격하하여 부르는 이름이었습니다 .

출산 후 태를 매장하는 문화는 삼국시대부터 내려오는 고유한 풍습이었어요 . 조선 때 태실은 왕의 성과와 업적이 비롯된다고 여겨져 즉위년에 만들어져 명산의 길지에 자리했습니다 . 이런 의미가 담긴 성종의 태실은 졸지에 사람들의 구경거리가 되어버린 것이지요 .

單字

길목：路口、要道

항（缸）아리：罐、缸、罈

봉안（奉安）하다：供奉

흩어지다：分散、四散

구실（口實）：藉口

일개（一介）：一介

격하（格下）하다：降格、降級

매장（埋葬）하다：埋葬；葬送

길지（吉地）：風水寶地

졸지（猝地）：一下子

　　從昌慶宮藏書閣的位置往春塘池方向走的路口處，有著成宗的胎室。胎室是供奉著盛裝成宗胎盤等物的胎甕。昌慶宮是唯一一座存有君王胎室的朝鮮宮闕。

　　成宗的胎室原本在京畿道光州市，1929 年，胎室被管理朝鮮王朝財產的日本政府機構李王職遷至昌慶宮。

　　李王職以分散在各處的君王胎室難以管理為由，將胎室集中至首爾，然後又遷移至高陽市的西三陵。在此過程中，李王職挑選了最高級、保存狀態最好的成宗胎室，和胎室碑一起移至昌慶宮內的李王家博物館。李王家是將李氏王族降格為一個家族的稱呼。

　　產後埋藏胎盤的文化是自三國時期流傳下來的固有習俗。朝鮮時期，人們認為君王的成就和功績源於胎室，因此會在君王即位當年建造胎室，並將之置於名山福地。具有這層含義的成宗胎室，頓時成為了眾人的看點。

Palace 04

경희궁

慶熙宮

NGCHIYUI©Shutterstock

경복궁 서쪽에 세워져 서궐로 불린 경희궁은 동궐과 대조를 이루면서 조선왕조 3 대궁으로 꼽힐 만큼 큰 궁궐이었어요. 정전, 동궁, 침전, 별당 등 모두 98 채의 건물과 100 동이 넘는 전각이 있었지요.

경희궁은 궁궐로 권력을 과시하려던 광해군에 의해 1617 년부터 6 년에 걸쳐 지어졌어요. 이곳은 인조부터 철종에 이르기까지 10 대에 걸쳐 왕이 정사를 본 이궁이에요. 본래 명칭은 경덕궁이었지만 영조 36 년 (1760) 경희궁으로 개명됐답니다.

경희궁은 경복궁 중건과 일제강점기를 거치면서 그 규모와 기능이 대폭 축소됐어요. 고종 2 년 (1865) 고종의 아버지 흥선대원군이 추진한 경복궁 중건 때문에 경희궁 주요 전각인 숭정전 (崇政殿), 회상전 (會祥殿), 흥정당 (興政堂), 흥화문 (興化門), 황학정 (黃鶴亭) 등 5 개를 제외하고 모두 철거됐는데요. 경복궁에 쓰일 자재를 경희궁에서 마련했기 때문이었어요.

경복궁 중건이 끝난 뒤 고종 9 년 (1872) 경희궁에는 곡식과 화약을 보관하는 창고가 들어섰어요. 고종 20 년 (1883) 경희궁 터에는 뽕나무가 있었다는 기록과 경희궁이 방치된 19 세기 후반 표범의 쉼터가 되었다는 기록도 있어요. 일제는 자국에서 이주한 국민이 많아지면서 교육기관이 더 필요해지자 1910 년 11 월 경희궁에 현 서울고등학교의 전신 경성중학교를 세웠습니다.

單字

대조 (對照)：對照、對比、比較
꼽히다：被評為、被譽為
과시 (誇示) 하다：展現、誇耀
정사 (政事)：政事
축소 (縮小) 되다：縮小、縮減
추진 (推進) 하다：推進、推動、促進
자재 (資材)：材料
곡식 (穀食)：穀物、農作物
방치 (放置) 되다：被放置、被忽略
자국 (自國)：祖國

　　因位於景福宮西側而被稱為西闕的慶熙宮，與東闕形成對比，是一座被評為朝鮮王朝三大宮闕的宏偉宮殿。共有正殿、東宮、寢殿、別堂等 98 棟建築，以及超過 100 棟的殿閣。

　　慶熙宮是因光海君想藉由宮闕炫耀權勢，自 1617 年起歷時六年建造而成的。此處自仁祖到哲宗歷經十代，皆為君王處理政事的離宮。原本的名稱是慶德宮，英祖三十六年（1760 年）改名為慶熙宮。

　　慶熙宮經過景福宮重建和日據時期後，其規模與功能大幅縮減。高宗二年（1865 年），由於高宗的父親興宣大院君推動景福宮重建，除崇政殿、會祥殿、興政堂、興化門和黃鶴亭等五座慶熙宮主要殿閣外，全數遭到拆除。這是因為要從慶熙宮籌備用於景福宮的材料。

　　景福宮重建完成後，高宗九年（1872 年）在慶熙宮修建了用來儲存糧食和火藥的倉庫。根據記載，高宗二十年（1883 年）慶熙宮遺址長了一棵桑樹；也有紀錄顯示十九世紀後半，遭棄置的慶熙宮成為豹的棲息地。後來隨著從日本本土移居而來的國民越來越多，日本人需要更多教育機構，便於 1910 年 11 月在慶熙宮設立了京城中學，即現在首爾高中的前身。

Story

遭到侄子仁祖報復的
叔叔光海君

　이 궁궐을 지은 광해군과 인조는 악연으로 유명합니다 . 조선 15 대왕 광해군은 뒤이어 즉위한 인조와 삼촌과 조카 사이인데요 . 둘의 악연이 경희궁을 탄생시켰어요 . 후궁의 차남이었던 광해군은 출신 성분 때문에 컴플렉스를 갖고 있어서 집정 내내 불안한 만큼 권력의 상징인 궁궐 건립에도 힘썼어요 .

　원래 경희궁 자리에는 인조의 아버지 정원군의 집이 있었는데요 . 이 집터는 왕의 기운이 강하다는 소문이 있었어요 . 이를 들은 광해군은 집을 강제 몰수해 광해군 9 년 (1617) 에 경희궁을 짓기 시작했습니다 .

　광해군이 정원군 집안을 견제하게 된 데에는 인조의 동생 능창군 때문이었어요 . 1615 년 능창군은 왕위를 노렸다는 한 신하의 고발에 역모죄로 강화도로 위리안치됐습니다 . 그뒤 능창군은 스스로 목숨을 끊었고요 . 이어 아들도 집도 잃은 인조의 아버지 정원군도 화병으로 세상을 떠나고 말았지요 .

　하지만 광해군은 정작 왕기가 있다는 터에 지은 경희궁에 단 하루도 살아보지 못했습니다 . 아버지와 동생을 잃고 복수의 칼을 갈아온 인조가 경희궁이 완공된 광해군 15 년 (1623) 에 반정을 일으켰기 때문이었지요 . 광해군은 제주도에서 67 세에 생을 마감했습니다 .

單
字

악연（惡緣）：惡緣、孽緣
뒤잇다：緊接著
탄생（誕生）시키다：使誕生、使形成、使建立
성분（成分）：成分；出身
몰수（沒收）하다：沒收
노리다：怒視；伺機、窺視
화병（火病）：抑鬱症、火病
반정（反正）：歸正、平定
마감하다：結束

　　興建這座宮殿的光海君和仁祖以孽緣聞名。朝鮮第十五代君王光海君和隨後即位的仁祖，兩人是叔侄關係。兩人之間的孽緣造就了慶熙宮的建立。光海君是庶出的次子，他因出身的關係懷有自卑感，執政期間一直感到很不安，因此致力於建造象徵權力的宮闕。

　　慶熙宮所在位置原本是仁祖的父親定遠君的宅邸。傳聞這處宅邸有著濃厚的王氣，光海君聞訊便強行沒收了宅邸，於光海君九年（1617 年）開始興建慶熙宮。

　　光海君之所以能牽制定遠君一脈，是因為仁祖的弟弟綾昌君的關係。1615 年，因一名臣子指控綾昌君覬覦王位，導致他以謀反罪被流放至江華島。之後，綾昌君結束了自己的生命。隨後，失去兒子又失去家園的仁祖之父——定遠君也因鬱結成疾而病逝。

　　然而，光海君卻連一天也沒有居住過建於王氣旺盛之地的慶熙宮。這是因為在光海君十五年（1623 年）慶熙宮竣工之際，失去父親和弟弟後一直伺機復仇的仁祖發動了政變。光海君死於濟州島，享年 67 歲。

和慶熙宮淵源深厚的
君王有誰呢？

　　숙종부터 정조 집권 초반까지 경희궁은 최고의 전성기를 맞이했어요 . 인조 이후 경희궁에 거처한 왕은 현종이고 그의 아들 숙종이 경희궁 회상전에서 태어났어요 .

　　경희궁과 특히 인연이 깊은 왕은 숙종인데 재위 46 년간 창덕궁과 경희궁을 오갔어요 . 숙종 43 년 경종에게 정사를 맡긴 숙종은 경희궁에서 여생을 보냈지요 . 숙종의 60 세 행사를 숭정전 (崇政殿) 과 경현당 (景賢堂) 에서 열었고요 . 다음 해 6 월 8 일 숙종은 경희궁 융복전 (隆福殿) 에서 승하했어요 . 경종은 경희궁의 정문 숭정문 (崇政門) 에서 즉위식을 올려 경희궁에서 즉위식을 거행한 최초의 왕이 됐어요 .

　　숙종처럼 경희궁에 많이 거처했던 왕은 영조인데요 . 영조는 1760 년 궁궐 이름을 경덕궁에서 경희궁으로 바꿨습니다 . 그는 재위기간 중 8 차례에 걸쳐 모두 19 년 동안 경희궁에 머물렀는데요 . 그는 '창덕궁엔 금까마귀가 빛나고 경희궁에선 옥토끼가 밝다' 는 어필을 남겼을 만큼 경희궁을 사랑했어요 . 1776 년 3 월 영조는 경희궁 집경당 (集慶堂) 에서 승하했어요 .

　　뒤를 이은 정조도 1776 년 8 월 경희궁 숭정문에서 즉위식을 올렸는데요 . 어린 시절부터 경희궁에서 살아온 정조는 경희궁의 가장 높은 곳에 소나무 두 그루를 심고 '송단'이라 하며 이곳에서 시를 읊으며 경치 감상을 즐겼어요 .

單字

집권（執權）：掌權、執政
전성기（全盛期）：巔峰期
오가다：往來、來回
여생（餘生）：餘生
승하（昇遐）하다：帝王逝世
즉위식（即位式）：登基儀式
머물다：滯留、停留
어필（御筆）：君主親筆題的字
그루：棵

　　從肅宗到正祖執政初期，為慶熙宮的鼎盛時期。繼仁祖之後居住於慶熙宮的君王是顯宗，其子肅宗亦出生於慶熙宮的會祥殿。

　　與慶熙宮淵源特別深厚的君王是肅宗，他在位 46 年來一直往返於昌德宮與慶熙宮之間。肅宗四十三年將朝政託付給景宗的肅宗，在慶熙宮度過了餘生。肅宗六十大壽的慶祝活動於崇政殿和景賢堂舉行。次年 6 月 8 日，肅宗駕崩於慶熙宮的隆福殿。景宗在慶熙宮的正門崇政門舉行了登基儀式，成為首位在慶熙宮舉行登基儀式的君王。

　　像肅宗一樣經常住在慶熙宮的君王是英祖。英祖於 1760 年將宮闕名稱從慶德宮改為慶熙宮。在位期間，他曾八次入住慶熙宮，共計住了十九年。他非常喜愛慶熙宮，甚至留下了「昌德金烏光，慶熙玉兔明」的御筆。1776 年 3 月，英祖駕崩於慶熙宮的集慶堂。

　　隨後即位的正祖，也於 1776 年 8 月在慶熙宮的崇政門舉行了登基儀式。從小生活在慶熙宮的正祖，在慶熙宮最高處種植了兩棵松樹，稱之為「松壇」，並喜歡在此處吟詩賞景。

Palace 05

덕수궁

德壽宮

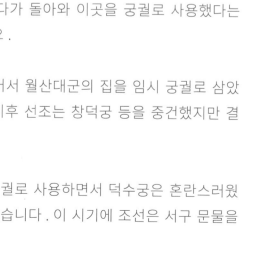

Dmitry Chulov©Shutterstock

서울특별시청 맞은편에 있는 덕수궁은 임진왜란 직후인 선조 26 년 (1593) 월산대군의 저택을 행궁으로 삼기 시작하면서 역사가 시작돼요 . 이곳의 이름은 원래 덕수궁이 아니라 경운궁 (慶運宮) 이었어요 . 경운궁은 1608 년 광해군이 이곳에서 즉위해 정식 궁궐이 되면서 붙여진 이름이에요 . 광해군의 뒤를 이은 16 대 왕 인조도 경운궁에서 즉위했답니다 .

경운궁이 덕수궁으로 바뀐 것은 황궁이었던 이곳이 1907 년 고종이 물러나고 순종이 즉위한 이후였어요 . 덕수는 순종이 아버지 고종에게 장수를 비는 뜻으로 지은 이름이랍니다 . 덕수궁이 궁궐로 사용된 것은 두 차례에 불과하지만 왕이 궁궐 밖으로 피신했다가 돌아와 이곳을 궁궐로 사용했다는 특징이 있어요 . 처음 궁궐로 사용된 시기는 임진왜란 직후예요 .

임진왜란을 피해 피난 갔다 돌아온 선조는 머물 궁궐이 없어서 월산대군의 집을 임시 궁궐로 삼았어요 . 경복궁과 창덕궁이 일제에 의해 불에 타 버렸거든요 . 이후 선조는 창덕궁 등을 중건했지만 결국 돌아가지 못하고 덕수궁에서 세상을 떠났습니다 .

조선 말기에는 고종이 러시아 공사관에 피신했다 이곳을 궁궐로 사용하면서 덕수궁은 혼란스러웠던 조선 후기의 마지막 순간과 함께 대한제국의 탄생을 지켜봤습니다 . 이 시기에 조선은 서구 문물을 받아들인 까닭에 덕수궁에는 서양식 건축물이 많아요 .

單
字

맞은편（便）：對面

저택（邸宅）：宅邸

삼다：當作；招、收

물러나다：後退、退下

장수（長壽）：長壽

피신（避身）하다：藏身、躲避

혼란（混亂）스럽다：混亂

지켜보다：注視；關注

문물（文物）：文化產物、文物

받아들이다：接受、吸收

까닭：緣由、緣故

　　位於首爾市廳對面的德壽宮，其歷史始於壬辰倭亂後的宣祖二十六年（1593 年），將月山大君的宅邸作為行宮使用。此處的原名不叫德壽宮，而是慶運宮。慶運宮是 1608 年光海君在此即位，成為正式王宮後所取的名字。繼光海君之後，第十六代君王仁祖也於慶運宮即位。

　　曾經作為王宮的慶運宮改名為德壽宮，是在 1907 年高宗退位，純宗即位之後。德壽是純宗為祈求父親高宗長命百歲而起的名字。德壽宮作為王宮使用僅有兩次，特點在於都是君王至宮外避難後，返回時將此處作為王宮使用。第一次被作為王宮使用是在壬辰倭亂之後。

　　為躲避壬辰倭亂，逃難後返回的宣祖沒有宮殿可住，便將月山大君的宅邸作為臨時王宮，因為景福宮和昌德宮都被日軍燒毀了。雖然後來宣祖重新修建了昌德宮等宮殿，但最終還是未能返回，在德壽宮與世長辭。

　　朝鮮末期，高宗藏身於俄羅斯公使館，後來將此處作為王宮使用，德壽宮因此見證了朝鮮後期混亂的最後歲月，以及大韓帝國的誕生。由於朝鮮在這個時期接收了西方文化，所以德壽宮內有許多西式建築。

Story

反日高宗，建立自主獨立國
「大韓帝國」

고종은 1897 년 10 월 12 일 경운궁에서 대한제국의 수립을 선포하고 초대 황제로 즉위했습니다 . 이는 조선이 일제의 간섭에서 벗어나 자주 독립국임을 대외에 알리고자 한 고종의 강한 의지였지요 . 하지만 그의 의지는 일제에 의해 꺾여버렸지요 .

고종은 비밀리에 네덜란드 헤이그에서 열린 평화회의에 특사를 보내려 했는데요 . 이를 일본에 들켜버린 것이 화근이 됐어요 . 화가 난 일본은 1907 년 고종을 강제 폐위시키고 그의 아들 순종을 왕위에 앉혔습니다 . 순종은 덕수궁에서 즉위식을 갖고 창경궁으로 거처를 옮겼고 고종은 세상을 떠날 때까지 덕수궁에서 지냈습니다 .

조선 말기 정국은 서구 열강들이 조선에 대한 치열한 이권 다툼으로 인해 몹시 혼란스러웠어요 . 1894 년 동학농민운동으로 청일전쟁이 발발 중이던 1895 년 1 월 8 일 일본은 명성황후를 시해했습니다 . 이에 신변의 위협을 느낀 고종은 1896 년 2 월 11 일 비밀리에 러시아공사관으로 거처를 옮겨 1 년간 머물렀습니다 .

이듬해인 1897 년 고종은 덕수궁으로 돌아와 전각들을 다시 세우며 조선의 위상을 다시 세우고자 했지요 . 당시 덕수궁 규모는 현재 정동과 시청 앞 일대로 현재의 약 3 배 정도 됐습니다 . 이로 인해 친일내각이 무너졌어요 .

單
字

수립（樹立）：建立、制定

선포（宣布）하다：宣布

꺾이다：被折斷；被挫傷、被減弱

비밀리（祕密裡）：祕密地、暗中

들키다：被發現、暴露

옮기다：搬、遷移

치열（熾烈）하다：激烈、劇烈

발발（勃發）：爆發

신변（身邊）：人身、身邊

위상（位相）：地位、威望

　　1897 年 10 月 12 日，高宗在慶運宮宣布成立大韓帝國，並即位為初代皇帝。這是高宗想對外宣示朝鮮要擺脫日本帝國的干涉，成為自主獨立國家的強烈意志。然而，他的意志卻被日本帝國所挫傷。

　　高宗試圖暗地派遣特使參加於荷蘭海牙舉辦的和平會議，此事被日本發現，成為了禍根。日本一怒之下，於 1907 年強行廢黜高宗，立其子純宗繼位。純宗在德壽宮舉行即位儀式後，便移居至昌慶宮，而高宗則到逝世前一直生活在德壽宮。

　　朝鮮末期，政局因西方列強對朝鮮展開激烈的利益鬥爭而混亂不堪。1894 年，東學農民革命導致甲午戰爭爆發，正值戰時的 1895 年 1 月 8 日，日本刺殺了明成皇后。為此感到人身安全受威脅的高宗，於 1896 年 2 月 11 日秘密遷居至俄羅斯公使館，並在那裡住了一年。

　　次年，即 1897 年，高宗返回德壽宮，想要透過重建殿閣，重新樹立朝鮮的威望。當時的德壽宮在現今的貞洞和市廳前面一帶，規模約為現在的三倍，親日內閣因此垮臺。

Story

若沒有壬辰倭亂，還會有德壽宮嗎？何謂壬辰倭亂？

임진왜란이 나지 않았다면 덕수궁도 존재하지 않았을지도 모릅니다 . 선조는 임진왜란 때 궁을 버리고 피난을 갔어요 . 그는 사태가 잠잠해지자 한양으로 돌아와 보니 자신이 머물 수 있는 경복궁과 창덕궁이 모두 불에 타 없어진 걸 알게 됐습니다 . 결국 그는 할 수 없이 덕수궁을 만들기로 한 것이지요 .

이렇듯 덕수궁 창건에 영향을 미친 임진왜란은 조선 역사에서 전기와 후기를 나누는 기준이 될 정도로 중요한 사건입니다 . 임진왜란은 1592 년부터 1598 년까지 두 차례에 걸쳐 일제가 조선을 침략해 벌어진 싸움입니다 .

15 세기 후반 혼란스러웠던 일본에서는 도요토미 히데요시라는 인물이 등장해 전국 시대를 통일하고 봉건적 지배권을 강화했어요 . 그는 여기서 얻은 강한 군사력을 바탕으로 대륙 침략을 꿈꿨지요 . 그는 조선과 동맹을 맺고 한반도를 발판으로 명나라를 공격하려고 했지만 실패로 돌아갔습니다 . 그러자 그는 조선을 공격했습니다 .

한때 조선 관군은 참패를 거듭하며 위기를 맞이했으나 이순신 장군이 이끈 수군은 거북선으로 한산도 앞바다에서 대승을 거두며 전세를 바꾸게 됩니다 . 또 전국 각 지역에서는 의병이 일어나 일본군에 저항했고 명나라도 군대를 파병하면서 연합군이 형성됐습니다 . 노력 끝에 절대 이길 수 없을 것 같은 전쟁에서 조선은 승리를 거두었지요 .

單字

잠잠（潛潛）하다：平靜、寂靜
침략（侵略）하다：侵略、侵吞
봉건적（封建的）：封建的
동맹（同盟）：同盟
발판（板）：踏板；跳板
거듭하다：一再、接二連三
거두다：獲得、贏得
저항（抵抗）하다：抵抗

　　如果沒有發生壬辰倭亂，德壽宮也許就不存在了。宣祖在壬辰倭亂時棄宮逃難，待事態平息、回到漢陽後，他才發現自己可以居住的景福宮和昌德宮都被燒毀了。最終，他不得不決定建造德壽宮。

　　影響德壽宮創建的壬辰倭亂，是將朝鮮歷史劃分為前期和後期的重要事件。壬辰倭亂是自 1592 年至 1598 年，日本帝國兩次侵略朝鮮而引發的戰爭。

　　十五世紀後期，混亂的日本出現了一位名叫豐臣秀吉的人物，他統一戰國時代並加強了封建統治。他夢想憑藉在此取得的強大軍事力量侵略大陸。他與朝鮮結盟，試圖以韓半島為跳板進攻明朝卻鎩羽而歸，於是他轉而攻擊朝鮮。

　　朝鮮官軍接連慘敗，一度面臨危機，但李舜臣將軍率領的水軍憑藉龜甲船在閑山島前海大獲全勝，改變了戰局。此外，全國各地皆有義軍奮起對抗日軍，明朝也派兵前來組成聯軍。經過一番努力，朝鮮最終在這場看似不可能獲勝的戰爭中取得勝利。

Palace 06

종묘

宗廟

종묘는 조선왕조 역대 왕과 왕후 및 추존된 왕과 왕후의 신주를 모시고 제례를 행하는 사당이에요 . 가장 정제되고 장엄한 건축물 중의 하나로 손꼽히는데요 . 이곳은 창덕궁과 창경궁의 남쪽에 인접해 있어요 .

주요 건물은 정전과 영녕전 (永寧殿) 인데요 . 정전에는 현재 19 칸에 49 위 , 영녕전에는 16 칸에 34 위의 신주가 모셔져 있고 , 정전 뜰앞 공신당 (功臣堂) 에는 정전에 계신 왕들의 공신 83 위가 모셔져 있어요 .

정전은 태조 때 , 영녕전은 세종 때 지어졌어요 . 태조 4 년 (1395) 9 월에 종묘가 완공되자 태조는 바로 그의 4 대조 목조 , 익조 , 도조 , 환조의 신주를 이곳에 모셨어요 . 건립 당시 5 실뿐이었던 정전에 다섯 신위만 모실 수 있었어요 . 세종은 태조 이후 큰아버지 정종을 정전에 모시려고 보니 공간이 부족했지요 . 이를 해결하고자 별묘인 영녕전을 세웠답니다 .

명종 때 정전의 공간 부족으로 11 칸으로 확장했지만 임진왜란으로 불에 타버렸어요 . 광해군 즉위 후인 1608 년 정전 규모를 기존과 같이 11 칸으로 한 중건 작업이 끝났고요 . 이어 영조 2 년 (1726) 에 4 칸 , 헌종 2 년 (1836) 에 4 칸을 증축하면서 현재의 모습인 19 칸을 갖추게 됐답니다 .

單字

추존（追尊）되다：追尊

신주（神主）：靈位、牌位

모시다：供奉、侍奉、陪同

사당（祠堂）：祠堂

정제（整齊）되다：端正、整齊

장엄（莊嚴）하다：莊嚴

인접（隣接）하다：緊鄰、鄰近

뜰：庭院、院子

별묘（別廟）：別廟

증축（增築）하다：增建、擴建

　　宗廟是供奉朝鮮王朝歷代君王與王后，以及死後追尊的君王與王后的靈位，並舉行祭祀的祠堂，被譽為最端正莊嚴的建築之一。此處緊鄰昌德宮與昌慶宮的南側。

　　主建築是正殿和永寧殿。目前正殿共有十九室，供奉著四十九個靈位，永寧殿有十六室，供奉著三十四個靈位，而正殿庭前的功臣堂則供奉著奉於正殿的君王手下的功臣，共八十三位。

　　正殿建於太祖時期，永寧殿建於世宗時期。太祖四年（1395年）九月宗廟落成後，太祖立即將其四代祖先穆祖、翼祖、度祖和桓祖的靈位供奉於此。建立當時，正殿只有五間廟室，只能供奉五個靈位。繼太祖之後，世宗想將其伯父定宗的靈位請至正殿，卻發現空間不足。為了解決這個問題，便修建了別廟永寧殿。

　　明宗時期，由於正殿空間不足，擴建至十一間廟室，但又在壬辰倭亂期間被燒毀。光海君 1608 年即位後，完成重建工作，正殿規模和過去一樣為十一室。後來，英祖二年（1726 年）增建四室，憲宗二年（1836 年）又增建了四室，最終形成現今擁有十九室的規模。

Story

駐紮在宗廟的日軍，
因為鬼軍瑟瑟發抖

　임진왜란이 발발한 1592 년 선조는 한양으로 침입한 왜군들을 피해 의주로 피난을 갔어요 . 당시 20 살이었던 도요토미 히데요시의 양자 우키다 히데이에가 이끄는 부대는 전투 한 번 없이 한양을 점령했어요 .

　도망간 선조에 잔뜩 화가 난 우키다는 조선 궁궐들을 모조리 불태우고 왕릉을 파헤쳤어요 . 선조가 종묘의 패를 가지고 도망간 것을 안 우키다는 종묘를 군사 주둔지로 삼았지요 . 우키다는 선조가 자신이 한 일에 놀라 돌아올 것이라 믿었지만 정작 선조는 명나라 망명을 준비하고 있었어요 .

　하지만 이곳에서 왜군은 예상치 못한 복병을 만났습니다 . 바로 신병이었는데요 . 선조실록에는 종묘에 주둔하던 신병이 왜군들을 공격해 쫓아냈다고 씌였습니다 . 종묘에서는 밤마다 곡소리나 괴성이 들리는가 하면 왜군이 급사하는 등 기이한 일이 일어났지요 . 신병을 목격한 왜군은 총도 쏘고 검도 휘둘렀지만 오히려 이로 인해 왜군만 죽는 결과를 초래했어요 .

　신병의 존재를 믿지 않았던 우키다는 신병을 잡아오라고 재촉했습니다 . 하지만 알 수 없는 이유로 부하들만 계속 죽었지요 . 그제서야 종묘에 신병이 있다는 말을 믿게 된 우키다는 종묘를 모조리 태워 버리고는 주둔지를 옮겼습니다 .

單字

이끌다：帶領、率領

잔뜩：非常、極度

모조리：全部、所有

파헤치다：挖開、揭開

군사 주둔지（軍士駐屯地）：軍事
駐屯地

정작：實際上、真正

망명（亡命）：逃亡

곡（哭）소리：哭聲

급사（急死）하다：猝死

기이（奇異）하다：奇怪、特殊

　　1592 年，壬辰倭亂爆發，宣祖為躲避入侵漢陽的日軍而前往義州避難。當時 20 歲的豐臣秀吉養子宇喜多秀家率領的軍隊不戰而勝，佔領了漢陽。

　　宇喜多對逃亡的宣祖感到非常憤怒，焚毀了所有朝鮮宮殿並挖開了王陵。宇喜多得知宣祖帶著宗廟的牌位逃亡一事，便將宗廟設為軍事駐屯地。宇喜多相信宣祖會被他的所作所為嚇到跑回來，但實際上宣祖正在準備逃亡至明朝。

　　然而日軍卻在此處遇到了意想不到的伏兵，那就是神兵。《宣祖實錄》中記載，駐紮在宗廟的神兵攻擊並驅逐了日軍。在宗廟裡，每晚都會聽到哭聲或怪聲，還發生了日軍猝死等奇怪的現象。目睹神兵出現的日軍又是開槍，又是揮劍，反而導致只有日軍陣亡的結果。

　　宇喜多不相信神兵的存在，催促部下抓回神兵。但不知道出於什麼原因，他的部下不斷地死去。直到此時，宇喜多才相信宗廟裡有神兵的說法，於是他燒毀宗廟並遷移了駐屯地。

Story

「為君王奏樂吧！」在宗廟祭禮儀式加入樂、歌、舞

종묘제례는 왕의 조상을 추모하는 국가 행사로 조선 시대의 모든 제례 중에서도 가장 격이 높았어요. 조선 시대 때 매년 온갖 의식이 수차례 행해졌지만 현재는 매년 5월 첫째 일요일 낮에 정전과 영녕전에서 제례를 각각 한 번 올리고 있지요. 종묘제례는 신을 영접하고 음식과 술을 올려 즐겁게 해드린 다음 신을 보내드리는 순서로 이루어져요.

여기에 종묘제례악이 연주되는데요. 제례라는 특성에 맞춰 악(樂), 가(歌), 무(舞)를 완벽하게 갖췄습니다. 제례의 절차에 따라 악대가 음악을 연주하고, 악장을 노래하며 춤을 춰요. 음악은 등가와 헌가 두 악대가 담당하고 노래는 악장이라고 하여 제례 절차에 따라 가사를 노래해요.

종묘제례악은 역대 왕의 문덕을 기리는 보태평 11곡, 무공을 기리는 정대업 11곡 그리고 진찬악으로 구성되어 있어요. 춤은 줄지어 추는 춤이라 하여 일무라 하는데 대한제국 고종 때부터 육일무(六佾舞)에서 64명이 추는 팔일무(八佾舞)로 확대하여 오늘날까지 이어오고 있습니다. 조선만의 철학과 예술적 가치를 인정받은 종묘제례악은 1964년 종묘제례악 국가무형문화재 1호로 지정되고, 2001년 유네스코 인류무형문화유산에 등재됐어요.

추모（追慕）하다：追思

격（格）：格調、等級

행해지다：舉行、實施

영접（迎接）하다：迎接、接待

악대（樂隊）：樂隊

악장（樂章）：樂章

문덕（文德）：文德

기리다：讚頌、稱讚

무공（武功）：武功、戰功

줄짓다：列隊、成排

　　宗廟祭禮是追思君王祖先的國家活動，也是朝鮮時代所有祭祀活動中最隆重的。在朝鮮時代，每年會多次舉行各種儀式，但如今只會在每年五月的第一個星期日白天，於正殿和永寧殿各舉行一次祭禮。宗廟祭禮的儀式流程依序為迎神、愉悅地獻上食物及美酒奉神，然後是送神。

　　此時會演奏宗廟祭禮樂。根據祭禮的特性，周全備妥了音樂、歌曲和舞蹈。樂隊會配合祭禮流程演奏音樂、歌誦樂章和跳舞。音樂由登歌與軒架兩個樂隊負責，歌曲稱為樂章，演唱的是配合祭禮流程的歌詞。

　　宗廟祭禮樂是由十一首讚頌歷代君王文德的保太平、十一首讚頌其武功的定大業，以及進饌樂所組成。舞蹈稱為佾舞，是一種列隊式的舞蹈，自大韓帝國高宗時期開始，從六佾舞擴大成由六十四人表演的八佾舞，一直延續至今。宗廟祭禮樂以朝鮮獨有的哲學及藝術價值獲得認可，於 1964 年被指定為國家非物質文化遺產一號，並於 2001 年被列入聯合國教科文組織人類非物質文化遺產。

Palace 07

화성행궁

華城行宮

정조 13 년 (1789) 경기도 수원 팔달산 동쪽 기슭에 지어진 화성행궁은 정조가 아버지 사도세자의 무덤 현륭원 (顯隆園) 을 참배하기 위해 머물던 임시 처소이자 지방정부의 기능을 하던 행궁으로 사용됐습니다 . 정조는 1789 년 10 월 아버지 사도세자의 무덤을 화성행궁 근처로 옮긴 뒤 정조 24 년 (1800) 1 월까지 12 년간 13 번이나 화성에 와서 행궁에 머물렀어요 .

그 만큼 정조는 이곳에 대한 애착이 남달랐는데요 . 1794 년부터 2 년간에 걸쳐 화성이 건설되는 동안 화성행궁도 576 칸으로 정궁 형태로 그 규모가 확대됐어요 . 이는 조선 시대에 지어진 행궁 중 가장 큰 규모예요 . 이는 정조가 효를 실천하면서 자신만의 공간을 만들었다는 데 의미가 크다고 할 수 있지요 .

그러나 대한제국 시기에 이곳에 관공서 , 병원 , 학교 등이 들어서면서 그 용도가 변했고 1910 년 8 월 일제강점기에 들어서면서는 낙남헌 (洛南軒) 을 제외한 건축물들이 사라졌습니다 . 1996 년 정부 주도로 복원공사가 시작돼 482 칸이 복원된 뒤 2003 년에서야 공개됐지요 . 2023 년 현재 나머지 94 칸에 대한 복원 공사가 진행 중이랍니다 .

　　正祖十三年（1789 年）建於京畿道水原八達山東麓的華城行宮，是正祖在參拜父親思悼世子的陵墓——顯隆園時落腳的臨時住處，也是用來行使地方政府職能的行宮。正祖自 1789 年 10 月將父親思悼世子的陵墓遷至華城行宮附近後，直到正祖二十四年（1800 年）一月為止的十二年間，前往華城並在行宮停留了共十三次。

　　可見正祖對此地懷抱著特殊的情感。從 1794 年開始，華城經歷了兩年的建設，在此期間，華城行宮也以正式宮殿的形式擴大規模至 576 間房。這是朝鮮時代建造的行宮中規模最大的。正祖在實踐孝道的同時也打造了專屬自己的空間，從這一點來看可謂意義重大。

　　然而，隨著大韓帝國時期在此處建造政府機關、醫院和學校等設施，其用途發生了變化。1910 年 8 月進入日據時期後，除了洛南軒以外的建築都消失了。1996 年，在政府的主導下開始了修復工程，在修復完 482 間房後，直到 2003 年才對外公開。截至 2023 年的現在，其餘 94 間房的修復工程仍在進行中。

Story

對困死於米櫃的父親感到
自責的正祖：「都怪我」

　정조가 수원 화성행궁을 건립하게 된 이유에는 아버지 사도세자 (1735~1762) 의 죽음 때문이었어요 . 사도세자는 조선 왕실사에서 가장 비극적으로 죽게 된 인물인데요 . 사도세자는 아버지 영조와 정치색이 다른 까닭에 부자 관계는 파국을 맞이했어요 . 영조는 아들에 대한 기대가 컸지만 사도세자는 이로 인해 정신병에 걸리고 말았지요 .

　그 뒤 사도세자가 놀기만 하고 궁녀를 죽였다는 등의 말을 전해 들은 영조는 그의 신분을 박탈하고 자결을 명했지만 그는 이를 듣지 않았어요 . 결국 영조는 사도세자를 곡식을 담는 뒤주에 가두어 버렸어요 . 그는 뒤주에서 8 일만에 죽음을 맞이했어요 .

　왕의 기록이 담긴 '승정원일기' 에서는 영조가 사도세자의 뚱뚱한 외모도 싫어했던 것으로 전해져요 . 영조는 피부병을 앓던 사도세자에게 뚱뚱하기 때문이라고 말할 정도였지요 . 영조는 고분고분한 손자 정조를 더 좋아했고 , 결국 정조가 할아버지 영조의 왕위를 계승하게 됐어요 .

　이로 인해 정조는 아버지의 죽음이 본인 때문이라고 자책하며 평생 아버지를 그리워했어요 . 정조는 아버지 무덤을 서울 동대문구 배봉산에서 수원 화산으로 옮기고 화성을 지은 뒤 11 년간 13 번이나 수원에 행차할 만큼 지극 정성이었지요 .

　그의 수원 행차 중 가장 큰 규모는 정조 19 년 (1795) 으로 이 해는 사도세자가 살아있었다면 환갑을 맞이하는 해였어요 . 정조는 6 천 명을 데리고 8 일간 이곳을 방문하면서 현재 화폐 가치로 약 70 억 원에 달하는 돈을 썼어요 . 그중 14 억 원은 백성에게 곡식을 나눠 주는 데 썼고요 . 정조는 세종 이래 최고의 성군이자 개혁군주로 꼽힌답니다 .

正祖之所以建立水原華城行宮，是因為父親思悼世子（1735～1762年）的逝世。思悼世子是朝鮮王室歷史上死得最悲劇性的人物。思悼世子與父親英祖因政治色彩不同，兩人的父子關係面臨破局。英祖對兒子的期望很高，但思悼世子卻因此罹患了精神疾病。

後來，英祖聽說思悼世子只知玩樂和殺害宮女等傳聞，便剝奪其身分，並命令他自行了斷，但思悼世子不從。最後，英祖將思悼世子關進了用來裝糧食的米櫃裡，而他在米櫃裡待了八天便去世了。

據悉，在記載君王言行的《承政院日記》中，英祖連思悼世子肥胖的外表都不喜歡。英祖甚至對患有皮膚病的思悼世子說，那都是因為他太胖了。英祖更喜歡謙恭有禮的孫子正祖，最後亦是正祖繼承了祖父英祖的王位。

因此，正祖自責地認為父親之死是因為自己，一輩子都思念著父親。正祖將父親的墓地從首爾東大門區的拜峰山遷至水原花山（今華城市安寧洞隆建陵），並在興建華城後的十一年間，巡幸水原多達十三次，可見其至誠之心。

其水原巡行規模最大的一次是在正祖十九年（1795年），假如思悼世子還在世，這將是他迎接花甲的一年。正祖率領六千人到訪此地八日，以現今的幣值來計算，約花費了七十億韓元，其中十四億韓元用於分發糧食給百姓。正祖被評為繼世宗之後最聖明及勇於改革的明君。

單字

비극적（悲劇的）：悲劇性的、可悲的

파국（破局）：敗局、悲劇性結局

박탈（剝奪）하다：剝奪

자결（自決）：自殺、自盡

뒤주：糧櫃、米櫃

고분고분하다：恭恭敬敬、老老實實

자책（自責）하다：自責、自咎

행차（行次）하다：巡察、出巡

환갑（還甲）：花甲

因膿瘡而臥病在床的正祖，
是猝死，還是毒殺？

　정조 24 년 (1800) 6 월 28 일 정조는 병상에 누운 지 보름 만에 세상을 떠났습니다 . 그의 죽음에는 아직까지 풀리지 않은 의문이 남아 있습니다 . 정조가 사망 당시의 정황으로 볼 때 독살당했다는 추측이 지배적입니다 .

　정조는 종기를 심하게 앓았는데요 . 의관을 바꿔가며 치료를 수차례 받았지만 나아질 기미를 보이지 않았어요 . 종기는 정조의 머리까지 있었다고 해요 . 이로 인해 화병과 우울증도 함께 찾아왔습니다 .

　정조가 죽기 직전 영조의 계비 (繼妃) 정순왕후가 혼자 약을 들고 정조의 침전을 찾았습니다 . 의관은 침전에서 물러났고요 . 얼마 지나지 않아 정순왕후는 "전하가 승하했다"며 죽음을 알렸습니다 . 바로 침전으로 들어간 신하들은 정조가 "수정전" 이라는 말과 함께 숨을 거두는 모습을 목격했습니다 . 수정전은 정순왕후가 머물던 곳이었어요 . 정조가 세상을 뜨기 하루 전 정조는 신하들과 대화를 나눌 정도로 상태가 호전됐던 것으로 전해지는데요 . 그러던 정조가 정순왕후가 침전에 들어가자 돌연 숨을 거둔 것이지요 .

　하지만 최근 한 의학 연구에서는 정조가 독살된 것이 아니라 패혈증과 뇌졸중의 기저질환이 사망 원인일 가능성이 크다고 했습니다 . 정조는 검소한 삶을 살았지만 술을 좋아했는데요 . 그는 평소에 술을 경계하라고 하면서도 술을 마시면 취할 정도로 마셔야 한다고 했습니다 .

正祖二十四年（1800 年）六月二十八日，正祖臥病在床不過半個月便與世長辭。關於他的死亡，至今仍留有未解之謎。從正祖死亡當時的情況來看，人們普遍推測他是被毒死的。

正祖長了嚴重的膿瘡，儘管換了醫官並多次接受治療，卻沒有任何好轉的跡象。據說連正祖的頭上都長了膿瘡，因此火病和憂鬱症也隨之而來。

正祖死前，英祖的繼妃貞純王后獨自帶著藥來到正祖的寢殿，醫官則退出寢殿。不久後，貞純王后便說：「殿下駕崩了。」宣告正祖的死訊。立即進入寢殿的眾臣目睹正祖說著「壽靜殿」，同時嚥下最後一口氣的情景，而壽靜殿正是貞純王后住過的地方。據說在正祖去世的前一天，正祖的病情已好轉到可以與眾臣交談。這樣的正祖，在貞純王后進入寢殿後就突然斷了氣。

然而，最近有一項醫學研究表示正祖不是被毒死的，其死亡原因極有可能是敗血症和腦中風等潛在疾病。正祖雖然過著儉樸的生活，但很喜歡喝酒。儘管他平時叫人要戒酒，但又說如果要喝酒就要一醉方休。

Palace 08

용흥궁

龍興宮

경기도 강화도에 있는 용흥궁은 조선 철종하고 깊은 연관이 있습니다. 철종이 왕위에 오르기 전에 거처한 잠저 (潛邸) 이기 때문인데요. 현존하는 잠저 중에서 섬에 위치한 잠저로는 용흥궁이 유일합니다.

왕이 되기 전 철종은 이원범이라는 농사꾼으로 살았어요. 물론 그는 초라한 초가집에 살았고요. 그가 조선 25 대 임금 철종으로 즉위하면서 이곳의 격이 완전히 달라졌습니다. 이곳은 철종 4 년 (1853) 에 현재와 같은 건물이 들어서면서 용흥궁으로 명명됐습니다.

용흥궁은 창덕궁의 낙선재 (樂善齋) 처럼 살림집 스타일로 지어져 소박한 느낌을 주는데요. 지붕 옆면이 여덟 팔 (八) 자 모양인 용흥궁은 ㄱ자형 집모양을 갖추고 있어요. 유교적 규율에 따라 내전은 정면 7 칸, 측면 5 칸, 별전은 정면 6 칸, 측면 2 칸으로 이루어졌고요. 또 음양오행에 따라 외전은 둥글게 하여 하늘을, 내전은 네모나게 하여 땅을 상징한답니다.

용흥궁은 당시 지배층의 집과는 달리 외전을 내전 뒤 구릉에 배치한 것이 특징인데요. 이는 왕의 권위를 뽐내기 위해 지은 기념관과 같은 것으로 평가됩니다. 전문가들은 용흥궁에는 당시 가장 질 좋은 목재가 사용되었다면서 용흥궁 건축 후 실제 사람이 살지는 않았다고 추정했어요.

單
字

연관（聯關）：淵源、關聯
현존（現存）하다：現存
초라하다：簡陋、寒酸
초가（草家）집：茅草屋
살림집：住宅、住房
소박（素朴）하다：樸素、簡樸
음양오행（陰陽五行）：陰陽五行
둥글다：圓的
네모나다：方形的
뽐내다：炫耀、賣弄

位於京畿道江華島的龍興宮與朝鮮哲宗有著深厚的淵源，因為它是哲宗在登上王位之前居住的潛邸。在現存的潛邸中，龍興宮是唯一一座位於島上的潛邸。

在成為君王之前，哲宗的身分是一位名為李元範的農夫。當然，他當時住的是簡陋的茅草屋。隨著他登基成為朝鮮第二十五代君王哲宗，這裡的地位就徹底改變了。此地於哲宗四年（1853年）修建成如今的建築，並被命名為龍興宮。

龍興宮和昌德宮的樂善齋一樣，以住宅風格修建，給人一種樸素的感覺。龍興宮的屋頂側面呈八字形，房屋形狀呈ㄱ形。按照儒家規律，內殿由正面七間、側面五間，別殿由正面六間、側面兩間組成。另外根據陰陽五行，將外殿建成圓形象徵天空，內殿建成方形象徵大地。

與當時統治階層的住宅不同，龍興宮的特徵在於將外殿安排在內殿後方的丘陵上。這一點被評為與以炫耀君王權威為目的建造的紀念館相同。專家表示龍興宮使用了當時最好的木材，並推測在龍興宮落成後，實際上並沒有人居住過。

Story

一夜之間逆轉人生的
「江華公子」——哲宗

‘용흥궁’ 하면 철종 이원범의 인생 역전 이야기를 빼놓을 수 없지요. 이원범은 용흥궁이 들어서기 전까지 이곳은 낡은 초가집에 사는 농사꾼에 불과했어요. 그가 왕족이었음에도 농사꾼이 된 배경에는 이원범의 이복형 회평군이 역모 사건에 연루됐기 때문이었지요. 이로 인해 이원범의 집안은 강화도로 유배되어 양반과는 거리가 먼 농부 생활을 해야만 했습니다. 사실 그는 정조의 동생 은언군의 손자였습니다.

이원범은 19세가 되던 해 돌연 인생 역전을 경험하게 되는데요. 이원범은 헌종과 함께 당시 왕이었던 영조의 유일한 혈손이었어요. 헌종이 1849년 23세의 나이로 자식 없이 죽게 되자 당시 최고 어른인 대왕대비 순원왕후가 은언군의 손자 이원범을 차기 왕으로 지목했어요. 이원범 말고는 왕실의 핏줄이 없었기 때문이었지요.

하지만 왕실은 이원범이라는 이름 말고는 아는 정보가 전혀 없었어요. 이름 하나만 가지고 강화도 집집마다 돌며 이원범을 찾아 나섰어요. 그렇게 찾아낸 이원범은 철종으로 즉위했어요. 하루 아침에 농사꾼에서 왕이 된 사연이 세간에 입소문을 타면서 철종은 ‘강화도령’이라고도 불렸답니다.

單字

역전（逆轉）：逆轉、翻盤

낡다：破舊

이복형（異腹兄）：同父異母的哥哥

연루（連累）되다：被捲入、被牽連

유배（流配）되다：被流放

혈손（血孫）：後嗣血脈

차기（次期）：下一任

핏줄：血脈、骨肉

사연（事緣）：經過、故事

입소문（所聞）을 타다：口耳相傳

　　説到「龍興宮」，就不能不提到哲宗李元範逆轉人生的故事。在修建龍興宮之前，李元範只是住在此破舊茅草屋中的一介農民。他之所以身為王室成員卻淪落為農民，是因為他同父異母的兄長懷平君被捲入謀逆事件，李元範一家因此被流放至江華島，不得不過著與兩班相去甚遠的農民生活。事實上，他是正祖的弟弟恩彥君的孫子。

　　李元範在 19 歲那年突然經歷了人生逆轉。李元範和憲宗同為當時的君王英祖唯一的後嗣血脈。憲宗於 1849 年去世，得年 23 歲，膝下無子，當時輩份最高的大王大妃純元王后指定恩彥君的孫子李元範為下一任君王，因為除了李元範之外，再無其他王室血脈。

　　但是，除了李元範這個名字之外，王室根本對他一無所知，只能帶著這個名字，去江華島挨家挨戶尋找李元範。就這樣被找到的李元範登基為王，是為哲宗。隨著他一夜之間從農夫變成君王的故事流傳開來，哲宗也被世人稱為「江華公子」。

Story

被「勢道政治」所擺布
的魁儡君王

하루 아침에 왕이 된 철종은 행복했을까요 ? 철종이 왕위에 올랐을 때 외척이었던 안동 김씨가 세도를 잡고 있었어요 . 이로 인해 인사행정이 문란해 매관매직이 성행하였고 부정부패가 심했지요 . 철종은 이런 문란에 개혁 조치를 단행하고 백성들을 위한 정책을 펼치려 했지만 안동 김씨 일족에 의해 좌절됐습니다 .

실권 장악을 못한 채 명함만 왕이었던 철종은 바보 취급도 당했어요 . 안동 김씨에 뇌물을 주고 현 북한 함경남도 북청지역의 수령이 된 물장수가 있었는데 , 그는 임명장을 받기 위해 한양으로 와 우연히 철종과 마주쳤어요 . 그는 왕을 알아보지 못한 채 왕에게 자신이 수령이 되었다고 자랑하는가 하면 철종에게 말을 놓기까지 했다는 이야기가 전해집니다 .

안동 김씨에 의해 자신의 뜻을 펼치지 못한 철종은 이후 주색을 가까이하다가 건강 악화로 인해 33 세에 후사 없이 세상을 떠났어요 . 사실 농사꾼이었던 철종이 왕으로 지목된 이유는 안동 김씨에게 똑똑한 왕보다는 허수아비 왕이 필요했기 때문이었지요 . 조선시대에는 순조 , 헌종 , 철종에 이르기까지 세도정치가 행해졌는데요 . 이로 인해 정치 기강이 문란해지면서 조선 사회는 큰 혼란을 겪게 되었어요 .

외척（外戚）：外戚
문란（紊亂）하다：紊亂、混亂
매관매직（賣官賣職）：賣官鬻爵
부정부패（不正腐敗）：腐敗
단행（斷行）하다：果斷推行
뇌물（賂物）：賄賂
수령（首領）：首領
물장수：賣水的人
말을 놓다：説半語（對年紀比自己小、同齡朋友或是親近對象使用的説話方式）
주색（酒色）：酒色
허수아비：傀儡、稻草人
기강（紀綱）：紀律、綱紀

　　一夜之間成為君王的哲宗幸福嗎？哲宗即位時，正值外戚安東金氏專權。因此人事行政紊亂，賣官鬻爵之風盛行，腐敗現象十分嚴重。儘管哲宗試圖針對這種混亂果斷推行改革措施，並實施惠民政策，卻因安東金氏一族而遭遇挫敗。

　　在未能掌握實權的情況下，只有名義為王的哲宗甚至被當成了傻瓜。有一名賣水人賄賂了安東金氏，成為現在北韓咸鏡南道北青地區的首領，他為了領任命狀而來到漢陽，偶然遇見哲宗。據説他在沒認出君王的情況下，向君王炫耀自己成為首領的事，甚至還對哲宗説半語。

　　因安東金氏而無法一展抱負的哲宗，後來縱情酒色導致健康情況惡化，於 33 歲時離開人世，沒有留下後嗣。事實上，曾經是農民的哲宗之所以被指定為王，是因為比起一位聰明的君王，安東金氏更需要一位傀儡君王。朝鮮時代從純祖、憲宗到哲宗都實行勢道政治，因此隨著政治紀律日趨敗壞，朝鮮社會也經歷了極大的混亂。

Palace 09

경주 동궁

慶州東宮

경주 동궁은 고려 시대 이전인 통일신라 시대를 대표하는 궁궐로 경주시 인왕동에 있는 월성 (반월성) 의 별궁입니다 . 동궁은 신라의 태자가 살았던 곳으로 널리 알려져 있어요 .

거대한 호수 월지 (안압지) 의 서쪽에 위치한 동궁은 나라의 경사가 있을 때나 귀한 손님을 맞을 때 잔치가 열렸답니다 . 신라 경순왕이 견훤 (甄萱) 의 침입을 받은 뒤 , 931 년에 왕건을 초청해 위급한 상황을 호소하며 잔치를 베풀었던 곳으로 널리 알려져 있지요 .

동궁은 통일신라와 함께 출발했습니다 . 신라 통일을 이룩한 문무왕이 동궁과 월지라는 호수를 만들었어요 . '삼국사기 (三國史記)'에는 "문무왕 14 년 (674) 왕실의 권위와 왕조 창건의 기틀을 다지기 위해 월지를 조성하고 679 년에 동궁을 '창조'했다"고 기록됐습니다 . 삼국사기에는 건축물에 창조라는 단어가 동궁과 황룡사에 딱 두 번 나오는데 , 이는 대단함을 의미해요 .

월지는 큰 연못 가운데에 3 개의 섬과 연못의 북쪽과 동쪽으로 12 봉우리의 산을 만들어 여기에 꽃과 나무를 심고 새와 짐승을 길렀습니다 . 마치 낙원처럼 꾸민 것이지요 . 이곳에서는 수많은 유물과 함께 크고 작은 건물터 26 곳이 발견됐습니다 . 그중 1980 년에 서쪽 5 개 건물터 중 3 곳과 월지를 복원하여 오늘날에 이르고 있습니다 .

거대（巨大）하다：巨大、龐大
경사（慶事）：喜事
침입（侵入）：入侵、闖入
초청（招請）하다：邀請
베풀다：擺設、舉行
이룩하다：實現、達到；建立
기틀：基礎、框架
연（蓮）못：蓮池、池塘
봉우리：山峰
유물（遺物）：遺物、遺跡

　　慶州東宮是代表高麗時代前的統一新羅時代的宮闕，也是位於慶州市仁旺洞的月城（半月城）的別宮。東宮作為新羅太子居住過的地方而廣為人知。

　　東宮位於巨大的月池（雁鴨池）西側，會在國家有喜事或迎接貴賓時舉行宴會。眾所周知，新羅敬順王在遭到甄萱入侵後，曾於 931 年在此舉辦宴會並邀請王建前來，向他訴說情況之危急。

　　東宮是和統一新羅同時起步的。實現新羅統一的文武王建造了東宮和名為月池的湖泊。《三國史記》記載：「文武王十四年（674 年），為鞏固王室權威及奠定王朝創建根基而建造了月池，並於 679 年『創造』了東宮。」在《三國史記》中，將「創造」一詞用於建築物的情形僅出現過兩次，那便是東宮和皇龍寺，這彰顯了其偉大。

　　月池在大型池塘中央建造了三座島嶼，在池塘北側和東側建造了十二峰的假山，並在此處種植花草樹木、飼養鳥獸，裝飾得彷彿一座樂園。此處共發現了大量的文物和 26 處大大小小的建築遺址。其中於 1980 年，修復了西側五個建築遺址的其中三處和月池，並延續至今。

Story

與新羅末代君王
一起結束的東宮氣數

　동궁은 통일신라 시대가 막을 내리면서 그 운명도 끝나버렸습니다 . 신라는 경명왕 때부터 후백제를 견제하며 고려에 의지하는 정책을 펼쳐왔는데요 . 927 년 고려가 후백제를 공격하자 경명왕의 동생 경애왕은 군대를 파견해 고려를 도왔습니다 .

　이에 화가 난 후백제는 같은 해 11 월 신라의 수도 경주를 급습했습니다 . 당시 포석정 (鮑石亭) 에서 연회를 즐기던 경애왕은 후백제에 잡히는 바람에 자살하게 됐습니다 . 이후 경애왕의 이종사촌 동생 경순왕이 8 년간 통치했지만 약한 국력 탓에 영토는 바짝 줄어들었지요 .

　경순왕은 935 년 10 월 군사회의를 열어 나라를 고려에 넘기는 것에 대해 논의했어요 . 다음 달 경순왕은 고려에 항복 문서를 전달했지요 . 이로써 신라의 천 년 (기원전 57 년 ~935 년) 역사는 종지부를 찍었어요 .

　신라가 멸망한 후 동궁에 대한 관리도 소홀해졌는데요 . '고려사' 와 같은 기록에서도 찾아보기가 힘들 정도예요 . 고려는 신라를 흡수한 뒤 멸망한 신라 왕조의 유산과 흔적을 없애기 위해 동궁의 전각들을 무너트리거나 강제로 철거했습니다 . 고려 시대 이후 대한제국 시대에 이르는 동안 동궁 건물들은 사라지고 건물 터와 호수만 남게 되면서 잊혀 갔습니다 .

單字

펼치다：展開、展現

파견（派遣）하다：派遣

급습（急襲）하다：突襲

통치（統治）하다：統治

바짝：猛然、驟然

항복（降伏／降服）：投降、屈服

종지부（終止符）：句號

흡수（吸收）하다：吸收、吸取

잊히다：被忘記

隨著統一新羅時代的落幕，東宮的氣數也走到了盡頭。新羅自景明王起便開始實施牽制後百濟、倚靠高麗的政策。927 年，高麗進攻後百濟，景明王的弟弟景哀王派遣軍隊援助高麗。

被此事激怒的後百濟，於同年 11 月突襲了新羅首都慶州。當時正於鮑石亭享受宴會的景哀王，被後百濟抓獲後便自盡身亡。之後，景哀王的表弟敬順王統治了八年，但由於國力衰弱，領土大幅縮小。

敬順王於 935 年 10 月召開軍事會議，商討將國家轉讓給高麗一事。次月，敬順王向高麗遞交降書。新羅的千年（西元前 57 年～西元 935 年）歷史就此畫下休止符。

新羅滅亡後，對東宮的管理也越來越疏忽，就連在《高麗史》等史料中也很難找到相關紀錄。高麗接收新羅後，為了消除覆滅的新羅王朝之遺產和痕跡，或推倒或強行拆除了東宮的殿閣。從高麗時代到大韓帝國時期，隨著東宮建築消失，只留下建築遺址和湖泊，東宮也逐漸被世人所遺忘。

Story

從東宮和月池
挖出來的奇怪物品

동궁과 월지에서는 3 만 점이 넘는 다양한 유물들이 나와 신라의 생활을 엿볼 수 있어요 . 이곳의 유물 발굴 작업은 1975 년부터 본격적으로 시작됐는데요 . 발굴 작업이 두 달쯤 지났을 때 연못에서 남근 모양의 나무 조각 하나가 발견됐어요 . 17 센티미터 길이의 남근 조각을 본 조사원들은 깜짝 놀랐어요 . 남근은 너무 잘 다듬어져 실제와 매우 비슷했거든요 . 남근의 용도에 대해 실제 생활용품이라는 의견과 제사용품이라는 의견이 있어요 .

얼마 지나지 않아 연못 바닥에서 4.8 센티미터 크기의 14 면체로 된 나무 주사위가 발견됐어요 . 참나무로 만들어진 주사위에는 각 면마다 글자가 새겨져 있었는데 , 그 내용들을 보면 술을 마시면서 주사위를 던지며 놀이를 즐겼던 것을 짐작할 수 있어요 .

또 2017 년 동궁에서 수세식 화장실도 발견됐는데요 . 8 세기 중엽에 만들어진 것으로 추정됐어요 . 이는 한국 고대 화장실 유적 중에 최초로 석조 변기와 오물 배수시설이 온전하게 남은 것이지요 . 석조 변기는 타원형으로 좌우에 발을 디딜 수 있도록 직사각형 돌판이 하나씩 있었어요 . 사람이 쪼그리고 앉아서 용변을 보면 그 오물은 도랑을 통해 배출되는 구조예요 .

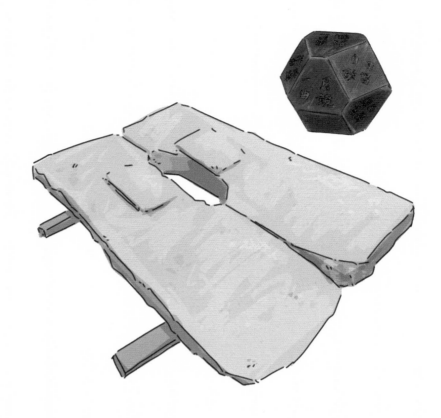

單字

발굴（發掘）：發掘、挖掘
조각（彫刻／雕刻）：雕刻
다듬어지다：雅緻、精緻
제사（祭祀）：祭祀、祭禮
주사위：骰子
새기다：刻；印記
짐작（斟酌）하다：估計、估量
수세식（水洗式）：抽水式、沖水式
오물（汚物）：污物、髒物、糞便
쪼그리다：蜷縮
용변（用便）：大小便

　　從東宮和月池出土了三萬多件各式各樣的文物，讓我們得以窺見新羅的生活。此處的文物發掘工作自 1975 年正式開始進行。挖掘工作進行約兩個月之後，在池塘裡發現了一個陰莖形狀的木塊。看見長 17 公分的陰莖木雕時，考古人員都嚇了一跳，因為它雕刻得極為精細，和實物相差無幾。關於陰莖木雕的用途，有人認為它是生活用品，也有人認為它是祭祀用品。

　　過了不久，又在池底發現了一個 4.8 公分大小，由十四面體組成的木骰。這個用橡木製成的骰子各面都刻了字，從內容來看，可以推測出當時的人喜歡在飲酒時擲骰子、玩遊戲。

　　此外，2017 年還在東宮發現了沖水式廁所，據推測應是於八世紀中葉製作的產物。在韓國古代廁所遺跡中，這是第一座完整保存了石造馬桶和污水排放設施的廁所。石造馬桶呈橢圓形，左右各有一塊可供立足的方形石板。當人蹲著排便時，穢物就會透過溝渠排出。

04

생활
Life

本章節將帶你走出宮闕，
用更多元的視角觀察韓國
這個民族。
內容含括宮廷的飲食文化、
官職及兩班生活，以及若
想更了解韓國歷史，建議
走訪的國立古宮博物館。

一日五餐的珍羞盛饌：
朝鮮宮廷飲食文化

撰文者 | 何撒娜

조선시대
궁중음식

韓劇中常出現的料理，除了廣受大家喜愛的街頭庶民飲食外，經典韓劇《大長今》裡出現的各式精緻宮廷料理，其實可說是真正引發當代韓流與韓食狂熱的元祖。現在講到宮廷料理時，最具代表性的大概可說是九節坂（구절판）與神仙爐（신선로）。九節坂有蛋白絲、蛋黃絲、紅蘿蔔絲、炒牛肉絲、石耳絲、青瓜絲、豆芽、蘑菇絲等八種食材，吃的時候將食材自由配搭放在薄餅卷上配以醬料，有點像我們春捲的精緻版本。神仙爐則是以高湯烹製的火鍋，加入 25 種食材烹煮而成，相當精緻費工。

除了這二道料理之外，朝鮮宮廷裡吃的究竟是些什麼樣的珍饈盛饌呢？讓我們一起來認識朝鮮宮廷飲食文化吧。

由左至右順時針方向分別為小圓盤（소원반）、冊床盤（책상반）與大圓盤（대원반）。圖片出自우리역사넷。

朝鮮宮廷飲食

宮廷中王室貴族們所吃的料理，統稱為「宮中飲食」（궁중음식）。宮廷料理分為兩種不同類型，分別是日常食（일상식）與禮儀式料理，像是王族生日時的「宴會食」（연회식），接待外國使節時的「迎接食」（영접식），王室婚禮時的「嘉禮食」（가례식），以及王室祭祀時的「祭禮食」（제례식）等。

目前我們對於宮廷料理的認識，大部分來自史書的記載。正祖李祘 19 年（1795）時，曾經詳細記錄宮中某段期間各項日常食，這大概是目前關於日常食較為詳盡的紀錄；禮儀式宮廷料理則大多是朝鮮王朝中期之後的紀錄，例如《朝鮮王朝實錄》，記載的不是食譜類的資訊，而是當時宮廷中相對應的禮儀。其他類似記載還有《進宴儀軌》、《進饌儀軌》等史書。

一日五餐的珍羞盛饌

身為朝鮮王朝的君主與王妃，飲食生活受到嚴格控管，每天必須吃五餐，而且還要定時定量。早上六點到七點之間先來個初早飯（초조반），以各種粥類搭配小菜。每天有兩次主餐，稱為「水剌」（수라상），包含早上十點的「朝水剌」與傍晚五點的「夕水剌」，每餐要有 12 道菜，包含飯（밥）、湯（국）、燉湯（찌개）、燉肉或魚（찜）、火鍋（전골）、辛奇（김치）、小菜以及各類沾醬，配合季節更改菜品。中午時吃點輕食，像是水果、糕點、以及一些較為清淡的蔬果食品，晚上八點左右還要再吃些麵、牛奶粥等宵夜。

宮廷飲食講究的不只是菜色，連餐具容器也要跟著季節更換，例如從五月端午開始到中秋，使用的是陶瓷器，秋冬季節使用的則是黃銅餐

具。菜色擺放的位置也非常講究，主要的餐點水刺分成三個部分擺盤，分別是大圓盤（대원반）、小圓盤（소원반）、以及像書桌模樣的冊床盤（책상반）。每個小桌子擺放的菜餚有一定的順序，例如大圓盤上君王左手邊擺上飯，右邊放上湯，再來則是餐具，按次序一排排擺上各類沾醬、蔬菜、肉類及湯類等。三個桌邊各有一位水刺尚宮協助王與王妃用餐，看過宮廷劇各種宮鬥情節的人一定知道，這些尚宮在王與王妃進食前，還要先測試食物有沒有被下毒，確定王與王妃的進食安全。

來自朝鮮八道的風土

朝鮮八道各地品質最好的豐富物產，每天進貢到朝鮮王朝首都漢陽（就是今日的首爾），成為王與王妃所吃的料理。八道代表性的物產像是京畿道的雉雞、魚類、新米；江原道的魚乾、海鮮醬、蜂蜜；忠清道的新鮮鮑魚、野豬；全羅道的貝類、石榴；慶尚道的魚乾、海帶；濟州道的柑橘、鮑魚、香菇；黃海道的新鮮青魚、石首魚、梨；以及咸鏡道的魚乾、海鮮醬、海帶等。

這些物產的品質反映出朝鮮八道的生產狀況，等於每天王在進食的時候，可以一併了解國家的生產與民生情形。當國家發生天災人禍時，為了共體時艱，王會下令減膳，也就是把水刺原有的 12 道料理減少，直到國家恢復正常狀況為止。相關最早的紀錄是成宗 22 年（1491），先前因為乾旱的緣故下令減膳，乾旱解除之後，成宗下令恢復原來的飲食禮儀。

當代宮廷料理的復興

在宮廷中協助料理與供食的女性稱為尚宮，負責廚房料理的為廚房尚宮。朝鮮王朝最後一位廚房尚宮韓熙順，13 歲就進入德壽宮廚房，後來又到景福宮、昌德宮等，為高宗、朝鮮王朝末代君王純宗，以及末代王妃純貞孝皇后等人準備飲食。

朝鮮王朝的宮廷料理，隨著日本殖民的入侵而在 20 世紀初沒落。但從 1970 年代開始，宮廷料理因為官方的重建、保存文化遺產計畫而重新受到注目，並在 1971 年被韓國政府指定為國家無形文化財第 38 號，韓熙順尚宮也被指定為宮廷飲食的第一代技能保有者。把宮廷料理在當代發揚光大的黃慧性女士，是韓國宮廷料理的教授和研究員，跟著韓熙順尚宮學習韓國宮廷料理三十年，在韓尚宮過世後，被指定為國家無形文化財第 38 號的第二代技能保有者，並成立宮中飲食研究院（궁중음식연구원）致力於推廣保存這項飲食文化傳統。目前相關的機構，還有宮中飲食文化財團（궁중음식문화재단）。

撰文者簡介｜何撒娜

曾任教（職）於韓國首爾國立大學、西江大學，現任教東吳大學社會學系，研究專長包括東亞區域比較研究、文化國族主義與認同、流行文化、飲食研究等，同時也是自由評論網、鳴人堂、天下獨立評論等媒體專欄作者。

朝鮮官職及兩班生活

撰文者｜許怡齡

조선시대의 양반

韓國古裝劇中常出現的「兩班」究竟是什麼？兩班與平民階級的工作內容差異為何？又是什麼樣的人能成為兩班呢？
本文將透過官職制度、身分資格、兩班日常等面向，帶你一同認識韓國過去的兩班文化。

景福宮勤政殿外的朝會空間，圖片出自
Stock for you©Shutterstock。

兩班的官職制度

幾乎所有韓國古裝劇都會看到的兩班，指的是文班官員和武班官員，後來也被當作士大夫階級、統治階級、貴族階級的代稱。

各位到景福宮時，會看到勤政殿外面有一個朝鮮國王和文武百官「朝會」的空間，國王向南而坐，文班武班分列左右兩排，為了讓大家知道應該站的位置，地上列有「品階石」，官階最高的正一品品階石立在最靠近國王的位置。從朝鮮官員的等級來說，一品到九品官員都各有「正」、「從」兩個等級，因此從「正一品」到「從九品」總共有十八個等級。

從工作地點來說，朝鮮的官職有「京官」和「外官」之分，京官任職於漢陽，概念上屬於中央政府，當中位階最高的行政機關是「議政府」，下有「六曹」，負責吏、戶、禮、兵、刑、工等事務；外官則隸屬朝鮮各道－府－牧－郡－縣等地方政府。

成為兩班的資格

根據朝鮮的身分制度，統治階級是國王和兩班，之下有常民（平民）和賤民階級，朝鮮後期在兩班和常民間還出現了「中人」階級，主要是御醫、譯官等各種宮中技術專家。

典型的兩班是「士農工商」中的「士」，擁有土地和奴婢，在經濟上是地主，在政治上是官僚，在學術上基本是儒者，通常終生「只」致力於政務和道德修養；「農工商」等生產工作則由常民進行。

成為兩班最基本的方法是考上科舉，這絕非易事，有資料顯示科舉競爭的激烈程度，竟可高達 1 萬 6 千人取 1！這麼說，可能容易讓人誤會參加科舉考試的資格門檻很低，其實不然。科舉並非人人能考，雖然理論上賤民之外各階級都可應舉，然而實際上朝鮮科舉幾乎被兩班子弟所壟斷。其次，兩班子弟也並非人人都能參加科舉。朝鮮的身分制度是「從母制」，一個人的身分繼承自母親，只有正室的孩子才能應舉，同一男性雖然由妻妾數人生下許多兒子，但只有正妻一人的兒子能參加科舉。著名的朝鮮小說《洪吉童傳》，講的就是天賦異稟的洪吉童因為是小妾的兒子（而且妾不能扶正為正室），雖然父親是宰相，但沒有資格藉由科舉一展長才，因此憤而離家，成為盜賊集團首領的故事。

18 世紀兩班丁若鏞的求學歷程

出現在 2009 年韓劇《李祘》和 2012 年電影《朝鮮名偵探丁若鏞》的丁若鏞，實際上是

朝鮮時代知名的學者。我們就從丁若鏞4歲開始讀書，到28歲科舉及第的過程，看看朝鮮兩班子弟孜孜不倦的備考生活。

丁若鏞1762年出生，4歲讀《千字文》學習漢字，6歲開始跟著老師學習儒家經典，7歲進入書堂學習，那年創作了第一首詩《山》。10歲跟著脫離官職的父親學習經史，練習寫作的紙張疊得跟身高一樣高。13歲丁若鏞模仿杜甫的詩，創作杜甫的和答詩數百首，開始有了詩名。15歲結婚，由於父親充任官職，搬到漢陽居住。18歲丁若鏞對科舉考試的「科詩」學習已臻純熟。19歲父親轉任從六品醴泉縣監，丁若鏞便在醴泉官廳繼續讀書。20歲到漢陽應試科舉。21歲首次在漢陽倉洞（現在的南大門）購屋，命名「棣泉精舍」。22歲進入朝鮮的國家大學成均館就讀。23歲科舉（庭試）初試合格。26歲1月3月兩度在成均館儒生的考試「泮試」得到首席，8月為第二名。24歲泮試成績優秀，科舉（庭試）初試再次合格。25歲科舉（別試）落榜，暫時回鄉。27歲泮試首席。28歲1月終於考上科舉文科及第，正式走上仕途。

理想的兩班生活時間表

兩班身兼官員、地主、儒者、文人、家長等多重身分，他們的一天應該如何安排？十九世紀的《日用指訣》這本書，介紹了理想的兩班一日作息。

寅時（3-5點）：起床，向父母問安。整頓衣冠後到書房靜坐讀書，堅定成為儒家聖人的志向。
卯時（5-7點）：指導家中子弟讀書，需臉色平和、態度寬容。
辰時（7-9點）：給父母進上早餐。家人一起用飯，分配食物需公平且節用。之後讀書或教導子弟抄書。
巳時（9-11點）：指導家中子弟讀書。若有客人便接待客人。
午時（11-13點）：再次拜見父母後，確認家中僮僕是否妥善進行工作。閱讀經史子集諸書，偶爾給親友寫信。
未時（13-15點）：由於已經讀書一天，比較疲憊，此時可靜坐涵養身心，也可進行個人興趣。
申時（15-17點）：保持輕鬆的心情寫文章或閱讀，注意養生之道。
酉時（17-19點）：再次拜見父母，回答子弟們學業上的提問，詢問、確認家中各種事務妥當，確立家中規範。
戌時（19-21點）：巡視全家，替孩子複習白天學習的功課。
亥時（21-23點）：換衣服後就寢，身心愉悅地休息養生。
丑時（1-3點）：雞鳴即起，使自己清醒。如果對經典有什麼新的心得，立刻記錄下來。

大體來說，兩班每天早中晚都會向父母請安，上午專注於讀書，下午比較輕鬆地寫信或進行個人興趣，全天都要指導孩子學業，並隨時以學習儒家聖賢為己任，體會修己治人之道。看完兩班的一天之後，你會羨慕兩班的生活嗎？

撰文者簡介｜許怡齡

許怡齡博士畢業於韓國國立首爾大學國語國文系，現任中國文化大學韓國語文學系副教授、同校東亞人文社會科學研究院院長。研究領域是前近代東亞的思想、交流和書籍文化，特別對20世紀前的韓國和越南文化深感興趣。

穿梭古今、遊歷宮廷歷史：
探訪國立古宮博物館

撰文者｜吳珮如

구립고궁
박물관

＼ 國立古宮博物館 ◆ 報你知 ／

IG @gogungmuseum
怎麼去：地鐵 3 號線景福宮站 5 號出口旁
入館費用：免費
展覽時間：上午 10 時至晚間 8 時（週三、週六開館至晚間 9 時）
注意事項：閉館前 1 小時內無法進場

延伸推薦參觀：
◆ 感受常民和宮廷音樂文化的「國立國樂博物館」
◆ 朝鮮王朝的王室圖書館「奎章閣」

景福宮是許多遊客的必踩景點，但景福宮旁的「國立古宮博物館」卻容易被忽略。對韓國宮廷文化感興趣的人，這裡真的是一個知識大寶庫，走進國立古宮博物館，就如同走入具 500 年歷史的朝鮮時代，能一窺王室的祕宮生活，現在就讓我們一起來認識這裡吧。

國立古宮博物館的正門口，圖片出自 Richie Chan©Shutterstock。

「國立古宮博物館」和目前在龍山區的「國立中央博物館」，前身都是 1908 年在昌慶宮旁成立的「帝室博物館」，這是韓國史上第一個現代化博物館，日本殖民期間，被更名為「李王家博物館」，當時收藏的高級工藝品已有 1 萬多件，後來歷經戰亂和多次改制，現今的模樣才逐漸成形。

國立古宮博物館於 2005 年成立後，專門展示朝鮮王朝的宮闕文物和文化，收藏了 4 萬多件文物，常設展包括「朝鮮的國王」、「朝鮮的宮闕」、「王室的生活」、「大韓帝國」、「宮廷書畫」、「王室禮儀」和「科學文化」共七大主題，每年還會有 3 至 6 個特展。

拾階向上走進博物館，其實是從二樓開始往下參觀。首先「朝鮮的國王」展區中的焦點正是

君王的「御座」，主體由木頭製成並漆上紅漆，用黃金打造龍頭並塗上金漆龍紋的御座，莊嚴而不過分華麗，目前保存最完整的君王肖像畫「太祖御真」（國寶 317 號，全州御真博物館館藏）中，太祖身坐的御座即與此椅模樣一致。

御座背後的「日月五峰圖」屏風，是朝鮮時代象徵國王權威的圖樣，一般人不可隨意使用，仔細一看或許會覺得這幅圖有些眼熟，原來在 1 萬元韓幣的紙鈔上，世宗大王（1397-1450）的背後也有日月五峰圖。

再往一旁的展區走去，朝鮮傳統丹青技法彩繪的廊柱映入眼簾，這區是「朝鮮的宮闕」，可以近距離觀賞宮闕建築的介紹和特色工藝，像是宮闕「春舌屋脊」上的人形瓦製陶俑，在韓國稱為「雜像（잡상）」，人物源起於《西遊記》

穿梭古今、遊歷宮廷歷史：探訪國立古宮博物館　　127

中的唐三藏、孫悟空和豬八戒等，主要作用是為了擋煞解厄、保護宮闕。

而「王室的生活」展區中，則透過物件讓人感受宮廷的氛圍，像是國王的龍袍、王妃的翟衣及梳畫用具、服飾配件，以及在房間用膳時使用的虎足盤、餐具器皿等，觀賞這些宮廷日常的物件，會感受到朝鮮王朝的美學華而不奢。

來到一樓的「大韓帝國」展區，這裡呈現了與朝鮮時代截然不同的風情。隨著日本侵略韓國的動作頻頻，高宗在 1897 年建立君主立憲體制的大韓帝國，極力推行經濟與軍事現代化。展區入口外的兩台古典汽車，車主是韓國末代皇帝純宗（1874-1926）和純貞孝皇后（1894-1966）。雖然汽車是日本為了示好送給大韓帝國的禮物，但亦為韓國現代化的象徵之一。

而這區也有一座御座，但與朝鮮時代不同的是，已不再上紅漆，而是改用黃漆，顯示出當時的大韓帝國，正處於新舊時代的更迭。越往裡走，越有時空錯置的感覺，從法國、英國等地輸入的歐風座椅、長形餐桌，將宮廷內部打造出西洋風情。這裡還有製造出韓國第一張紙幣「戶曹兌換券」的金屬印刷版，值得端詳一番。

不能錯過的還有一只高宗的御璽，這只御璽被列為寶物，其尺寸比一般御璽小一倍。考據顯示當時朝鮮面臨國家存亡之際，該御璽為高宗對各國建立祕密外交的信件往返時所使用。若仔細觀察朝鮮時代的御璽，會發現許多是使用金屬材質，上頭雕以神獸獅豸的臉、龍的腳，以及烏龜的身軀而成，頗有異趣。

最後地下一樓則是朝鮮時代的書畫作品和儒家五禮六藝的展現，其中的「科學文化」展區讓人耳目一新。這裡有兩樣科學發明被指定為國寶，一個是原本位於昌德宮的測雨器，是運用世宗大王發明的原理製成，能測量降雨量。另一個則是利用水流連動敲鐘報時的「自擊器」，用來測量時間，雖然如今只剩下受水壺的部分，但仍能感受到當時科學正盛的氛圍。

花一個半天來探索國立古宮博物館，不但能鑑古知今，還能挖掘意想不到的趣味，就算沒辦法立刻動身，透過官網的 VR 實境，線上就能漫遊古宮博物館。另外，博物館以古典又童趣的漫畫風格打造 IG 社群，輕鬆詼諧地宣傳各期特展，並且經常舉辦線上問答抽獎活動，還能學到許多宮廷冷知識，不追起來太可惜。

撰文者簡介｜吳珮如

曾任《蘋果日報》法庭記者多年，習慣透過採訪，觀察社會和政治伏流，感受人性。2 年前定居韓國，現擔任獨立記者、自由譯者，關注移民、人權和藝文產業，並經營臉書、IG「情熱韓半島」分享文化觀察。